ENTREGAS EXPRESSAS DA
KIKI

ENTREGAS EXPRESSAS DA KIKI

EIKO KADONO **DANIEL KONDO**

TRADUÇÃO DO JAPONÊS
LÚCIA HIRATSUKA

3ª edição

Estação Liberdade

Copyright do texto © **Eiko Kadono**, 1985
Copyright das ilustrações © **Daniel Kondo**, 2021
Copyright desta tradução © **Editora Estação Liberdade**, 2021

Originalmente publicado pela Fukuinkan Shoten Publishers, Inc., Tóquio, Japão, em 1985, sob o título de *Majo no Takkyubin*.
Os direitos para publicação em língua portuguesa foram acordados com a Fukuinkan Shoten Publishers, Inc., Tóquio.
Todos os direitos reservados.

Preparação | **Thaisa Burani**
Revisão | **César Carvalho e Editora Estação Liberdade**
Editora assistente | **Caroline Fernandes**
Supervisão editorial | **Letícia Howes**
Projeto gráfico e diagramação | **Adriana Fernandes**
Capa | **Daniel Kondo**
Edição de arte | **Miguel Simon**
Editor | **Angel Bojadsen**

CIP-BRASIL. CATALOGAÇÃO NA PUBLICAÇÃO
SINDICATO NACIONAL DOS ESDITORES DE LIVROS, RJ

K14e

    Kadono, Eiko, 1935-
        Entregas expressas da Kiki / Eiko Kadono ; tradução Lúcia Hiratsuka ; ilustração Daniel Kondo. – São Paulo : Estação Liberdade, 2021.
        240 p. : il. ; 21 cm.

    Tradução de: Majo no Takkyubin
    ISBN 978-65-86068-22-1

    1. Ficção. 2. Literatura infantojuvenil japonesa. I. Hiratsuka, Lúcia. II. Kondo, Daniel. III. Título.

21-69448   CDD: 808.899282
                         CDU: 82-93(520)

Camila Donis Hartmann – Bibliotecária – CRB-7/6472

19/02/2021   22/02/2021

Nenhuma parte da obra pode ser reproduzida, adaptada, multiplicada ou divulgada de nenhuma forma (em particular por meios de reprografia ou processos digitais) sem autorização expressa da editora, e em virtude da legislação em vigor.
Esta publicação segue as normas do Acordo Ortográfico da Língua Portuguesa, Decreto nº 6.583, de 29 de setembro de 2008.

Editora Estação Liberdade Ltda.
Rua Dona Elisa, 116 | Barra Funda | 01155-030
São Paulo – SP | Tel.: (11) 3660 3180
www.estacaoliberdade.com.br

- 1 — Os sinos nas árvores — 15
- 2 — Uma vassoura para a viagem — 25
- 3 — Kiki e a cidade perto do mar — 37
- 4 — Um trabalho para Kiki — 69
- 5 — Ladrão de vassoura? — 93
- 6 — No balanço das emoções — 115
- 7 — Kiki espia um segredo — 139
- 8 — O problema do capitão — 161
- 9 — Kiki carrega o Ano-Novo — 181
- 10 — Kiki carrega o som da primavera — 199
- 11 — O retorno à cidade natal — 217

OS SINOS NAS ÁRVORES

Entre uma densa floresta e uma suave colina verde, há uma pequena cidade.

Essa cidade desce devagar para o sul, com casarios que exibem seus telhados da cor de um pão tostado. E, bem ao centro, fica a estação ferroviária; um pouco mais adiante, ficam a prefeitura, o posto policial, os bombeiros e a escola. De início, parece uma cidade como tantas outras.

Mas, se olharmos com atenção, percebemos coisas que não são exatamente comuns. Por exemplo, os sinos prateados. Eles estão pendurados nos topos de todas as árvores mais altas da cidade. E, muitas vezes, os sinos soam com força, mesmo sem nenhuma ventania. Então, os moradores da cidade olham um para o outro e comentam:

— É a pequena Kiki! De novo, enroscou os pés. — E riem alegres.

Sim, Kiki não é nada comum. Se é "pequena", como pode tocar os sinos no alto de uma árvore?

Vamos desviar o olhar do centro para o lado leste da cidade e dar uma espiadinha na casa onde mora Kiki?

Da rua avistamos um portal com um cartaz: "Compartilhamos remédio para espirro."

O portão de madeira, pintado de verde, está inteiramente aberto para um amplo jardim. Bem ao fundo, do lado esquerdo, se vê a casa. O jardim é repleto de plantas diversas, umas com folhas largas ou pontudas, outras são ervas raras, todas bem organizadas e bonitas. Um suave aroma de algo sendo torrado espalha-se por todo o canto, inclusive no interior da casa, e torna-se ainda mais intenso na cozinha. Ali encontramos uma grande panela de cobre no fogo. Da cozinha se vê a parede principal da copa e, em vez de retratos ou quadros, há duas vassouras de galhos e gravetos penduradas. Uma grande e a outra pequena, lado a lado, enfeitam a casa. Talvez isto também seja um pouco incomum, se comparado com outros lares.

Vozes na copa, pessoas conversando. A família parece reunida para a hora do chá.

— Kiki, quando pensa em partir? Já é tempo, não? Vai continuar adiando? Melhor decidir logo. — É uma voz feminina em tom de lamento.

— De novo, mamãe? Não se preocupe, sou sua filha, uma bruxa também. Venho pensando nisso. — A voz é de uma garota um tanto irritada.

— Querida, que tal deixar Kiki decidir? — Desta vez é uma voz mais calma, de um homem. — Não adianta insistir se ela não se anima.

— Tem razão. Mas não consigo relaxar... Sinto-me responsável. — O tom de voz da mulher subiu um pouco.

Perceberam? Nessa casa mora uma família de bruxas. Ou melhor, a mãe, a senhora Kokiri, é bruxa legítima, descendente de uma tradicional família de bruxas. Mas o pai, o senhor Okino, é um humano comum, um antropólogo que pesquisa lendas e narrativas populares sobre bruxas e elfos. E Kiki é a filha única do casal. Ela acabou de completar treze anos.

A conversa dos três gira em torno da data de partida de Kiki em sua viagem de iniciação para a independência.

É que as bruxas guardam uma importante tradição. No caso de um casamento entre uma bruxa e um humano, se nascer uma filha, em geral a menina seguiria o caminho das bruxas. Mas algumas garotas resistem. Por isso, ao completar dez anos, cabe a cada uma decidir o próprio caminho. Se optar pela vida de bruxa, a mãe se encarrega de lhe ensinar as magias. E, depois do seu aniversário de treze anos, ela escolhe uma noite de lua cheia para partir em busca de uma vila ou cidade longe de casa, onde passa a viver sozinha, por conta própria.

Claro que não é algo fácil para uma garota tão nova. Porém, trata-se de um costume imprescindível para a sobrevivência das bruxas. A quantidade e a força da magia andam rarefeitas, e é preciso que mais pessoas de mais lugares saibam que bruxas não estão extintas.

Kiki decidiu que seria uma bruxa um pouco depois de completar dez anos. Em seguida passou a aprender as magias que a mãe dominava. Uma delas era cuidar das plantas medicinais e preparar o remédio para espirro. A outra era voar numa vassoura.

A menina se saiu muito bem em voar na vassoura. Mas, como toda pré-adolescente, distraía-se com algumas coisas durante o voo. Com uma enorme espinha ao lado do nariz, por exemplo, ou mesmo pensando no vestido que usaria no aniversário da amiga.

Nesses momentos, que lástima!, a vassoura começava a cair... Também aconteceu de a atenção dela ir para a renda da sua lingerie, sem nem notar que a vassoura caía. Terminou por colidir contra um poste. A vassoura se acabou, e Kiki ganhou um galo na cabeça, além de escoriações no nariz e nos dois joelhos.

Por causa dessas trapalhadas, a mamãe Kokiri escolheu as árvores mais altas e prendeu os sinos. Se a filha começasse a voar baixo, por distração, os sinos serviriam para alertá-la. Bem, nos últimos tempos esses sinos quase nem tocavam tanto...

E como se saiu Kiki com a outra magia? Preparar medicamentos parecia que não combinava com a personalidade dela, talvez por conta de sua ansiedade. Esperar as plantas crescerem, picar folhas e raízes, cozinhar devagar... Ela não se saía bem nessas tarefas.

— Lá se vai mais uma magia. Vamos perdê-la para sempre — lamentava a senhora Kokiri.

Antigamente, as bruxas sabiam usar muito bem várias magias. Mas elas foram sumindo, uma a uma. Em tempos atuais, mesmo a senhora Kokiri, bruxa legítima, dominava apenas duas magias. E a filha não se interessava por uma delas. Era compreensível o desalento da mãe.

— Ah, voar é bem melhor do que ficar mexendo na panela... — Kiki nem parecia se incomodar.

O senhor Okino consolava a esposa:

— Não desanime. Uma magia pode renascer algum dia, quem sabe? E veja, temos ainda o gato preto.

Bruxa e gato preto sempre foram inseparáveis. Não seria isso uma espécie de magia?

Kiki tem um gatinho preto. De nome Jiji. Assim como a senhora Kokiri teve o seu, Meme. Logo que nasce uma menina, a mamãe bruxa procura um filhote de gato preto nascido na mesma época. Crescem juntos e passam a conversar entre si. O bichinho torna-se um grande aliado no momento da partida para a independência. Alguém para compartilhar sentimentos, sejam de tristeza ou de alegria. Quando a menina cresce e forma um lar, separa-se do gato, que também busca uma companhia para si.

UMA VASSOURA PARA A VIAGEM

Logo após o chá da tarde, a senhora Kokiri e o senhor Okino saíram para resolver suas coisas. Kiki e o gatinho Jiji tomavam sol no jardim, sem nada em especial para fazer.

— Melhor partir logo... — murmurou Kiki para si mesma.

— Concordo. A esta altura, você não vai desistir de ser bruxa, vai? — Jiji levantou a cabeça e olhou para a garota.

— Claro que não. Eu já decidi — disse ela sem hesitar.

E relembrou a emoção de seu primeiro voo numa vassoura.

Kiki tinha crescido sem muita diferença em relação a outras garotas até os dez anos. Sabia que a mãe era bruxa e que um dia teria de decidir ser ou não ser uma bruxa. Mas não ligava tanto para isso. Só depois de completar dez anos, ao ouvir uma amiga comentar "Vou trabalhar com beleza, que nem minha mãe", passou a pensar no assunto. Sentia que a senhora Kokiri alimentava o desejo de que a filha optasse pelo mesmo caminho dela. Para Kiki, a ideia de simplesmente seguir os passos da mãe não era tão atraente.

"Serei o que eu quiser. Quero escolher por mim mesma." Era assim que ela pensava.

Um dia, dona Kokiri fez uma pequena vassoura para a filha.

— Não quer experimentar?
— Eu? Será que consigo voar?
— Claro que consegue, você é minha filha.

Kiki ficou incomodada com a afirmativa, mas a curiosidade falou alto. A mãe explicou o básico para levantar voo e pousar. Acompanhando dona Kokiri, a menina montou na vassoura, um pouco hesitante, e chutou o chão. Seu corpo ganhou leveza. E, que incrível!, Kiki estava no ar.

— Voando! — Ela deixou escapar um grito.

Estava a uns três metros acima do telhado, a sensação era única. O céu, mais azul? Teve vontade de ir ainda mais alto, mais e mais... O que vou ver?

E mais para lá? Mais, mais... Era como se seu corpo e sua alma fossem levados por uma misteriosa curiosidade. Daquele dia em diante, voar virou sua paixão.

E, claro, decidiu que queria ser uma bruxa.

— Está no sangue! — A mamãe Kokiri ficou feliz demais.

Kiki afirmava para si mesma que não era bem assim, que ela mesma tinha escolhido o seu caminho.

— Ei, Jiji... aproveitando que a mamãe não está, vamos dar uma espiada?

Kiki levantou-se num salto. Indicou com o queixo a edícula no canto do jardim.

— Para que tanto segredo? — Jiji não se mostrou tão animado.

— Ah, quando o assunto é minha viagem, mamãe faz alarde. Dá palpite em tudo, complica as coisas.

— Está certo. Mas aquilo precisa secar bem ao sol.

— Uma olhadinha só.

— Mesmo? Pode mofar se você trouxer para o quarto.

— Eu sei. Me ajuda, vai. Daqui para a frente, seremos só nós dois.

Kiki falava enquanto seguia por entre as plantas medicinais, que chegavam na sua cintura de tão crescidas. Parou no estreito espaço entre o muro e a edícula.

— Olha! — soltou um grito de alegria.

Uma pequena vassoura pendia do telhado. Tinha um brilho alvo ao receber a luz do sol, que se inclinava para o oeste.

— Veja que linda. Acho que está pronta — falou Kiki, com a voz levemente rouca.

— Parece que desta vez deu certo. — Jiji, perto dos pés da garota, olhava para cima com os olhos arregalados. — Ei, Kiki, não quer tentar um voo? O tempo está bom, vamos? — indagou o gato.

— Ah, não... — Ela balançou a cabeça. — Não quero usar até o dia da partida. Quero tudo novo. Roupa, sapato e também a vassoura. Me sentir que nem bebê recém-nascido. A mamãe sempre diz: "Somos bruxas de longa tradição, vamos preservar coisas que vêm de outros tempos." Mas quero ser eu mesma. Uma bruxa moderna!

— E eu? Ser moderno de que jeito? — Jiji fez tremer o bigode, um pouco cético.

— Não se preocupe. Vou escovar seus pelos até ficarem brilhantes. Deixe comigo, preparo você direitinho.

— Preparar? — fungou Jiji. — Fala como se eu fosse comida. Não é só você que vai partir.

— É verdade, me desculpe. — Kiki segurou o riso e espiou os olhos do gatinho. — Qual será a sensação na hora da partida?

— Aposto que você vai chorar — provocou Jiji.

— Claro que não!

— E partimos quando? — Jiji ergueu o rosto para observar Kiki.

— A qualquer momento. Que tal na próxima lua cheia?

— Na próxima?

— É. Faltam cinco dias. Já que decidimos, o legal é partir logo, não acha?

— Vai ser aquela confusão de sempre.

— De noite eu conto para meus pais, pode deixar. Ei, Jiji, para que tipo de cidade iremos?

Kiki sentiu-se um pouco mais adulta e olhou para o infinito.

— Fico preocupado com o futuro. A senhorita decide, e é tudo para agora.

— Ah, é? Garanto que não estou afobada. Nem vou me preocupar antes da hora. Sabe aquele momento de abrir um presente? É assim que eu me sinto — disse Kiki, com a voz animada, e esticou o braço para tocar a vassoura com os dedos. A vassoura balançou, como se concordasse com a garota.

Após o jantar, Kiki e Jiji postaram-se diante do senhor Okino e da senhora Kokiri.

— Vocês podem ficar tranquilos. Escolhi a data da partida.

A mãe se levantou da cadeira num salto.

— Mesmo? Quando?

— Quero partir na próxima lua cheia.

A dona Kokiri olhou rapidamente o calendário na parede.

— O quê? Dentro de cinco dias? Vai ser corrido. Deixe para a lunação seguinte.

Kiki apertou os lábios e levantou os ombros.

— Tá vendo? A mamãe sempre complica. Fica brava se eu demoro, se decido reclama...

— Nossa filha tem razão, querida. Qual é o problema? — O pai tomou partido.

— É que... tem os preparativos, não é pouca coisa para uma mãe. — A dona Kokiri ficou vermelha e sem graça.

Kiki se postou diante da mãe, balançou o corpo num gesto brincalhão e disse, quase cantando:

— Pode confiar na sua filha! Está tudo pronto. Não é, Jiji?

O gato abanou a cauda, respondendo que sim.

— Ai, ai. — A dona Kokiri ficou boquiaberta e baixou os olhos. — E o que andaram aprontando?

— Fiz uma vassoura! Jiji me ajudou. Esperem, vou buscar.

Kiki abriu a porta e saiu apressada, retornando em seguida.

— Aqui está! — Ela estendeu a vassoura nova para a mãe.

— Puxa, muito bem! — O senhor Okino mostrou-se orgulhoso da filha.

— Molhei os galhos do salgueiro na água do rio, depois deixei secar ao sol. Fiz tudo certinho. Que tal? Hein, mamãe? — Kiki agitou sua vassoura de um lado para o outro.

A dona Kokiri balançou a cabeça devagar.

— É linda. Mas essa vassoura, não.

— Por quê? Não quero as que eu usava, são pequenas. Quero voar na vassoura nova, do meu gosto. Voar é o que eu sei fazer.

A mãe fez que não com a cabeça outra vez.

— Por isso mesmo... Já que o seu dom é voar, a vassoura torna-se uma aliada. Partir com uma que você não está acostumada? E se cair? O início é importante. Tornar-se independente não é nada fácil. O dinheiro que se leva é só o suficiente para sobreviver no ano, economizando bastante. Uma bruxa precisa aprender a viver da própria magia. Será o ano para você descobrir o que realmente consegue fazer. Assim como eu. Preparo remédios para as pessoas da cidade. Vá com a vassoura da mamãe. Essa, sim, está habituada ao comando, sabe voar superbém.

— Ah, não! Aquela? Escura de fuligem? Parece uma vassoura de limpar chaminés. Tem um cabo grosso, fora de moda... Não é, Jiji?

Kiki olhou para o gato que só observava, juntinho aos seus pés. Jiji soltou um ronronado bem sonoro.

— Viu só? Jiji concorda. Diz que um gato preto naquela vassoura pode ser confundido com nuvem escura de chuva. Na de salgueiro, ele vai parecer um noivo numa carruagem de vidro.

— Ai, vocês não mudam mesmo... — disse dona Kokiri, sem conseguir segurar o riso. — Ainda são crianças. Vassoura não é brinquedo. A minha vai envelhecer um dia, e aí, Kiki, faça como quiser. Você também terá se tornado uma adulta.

A mãe pareceu se lembrar de algo e fechou os olhos de leve. A menina fez um muxoxo, batendo de leve o cabo da vassoura no assoalho.

— Preparei especialmente para a viagem... O que faço com ela?

— A mamãe usa por você. Pode ser?

Ao ouvir isso, Kiki olhou bem para a sua vassoura, levantou o rosto e respondeu:

— Está bem. Ao menos a roupa posso escolher? Tem tanta coisa linda nas vitrines das lojas da avenida. Vi um vestido com estampa de margaridas, vou parecer flores voando.

— Infelizmente, não. — E outra vez a mãe fez cara séria. — As bruxas não usam mais chapéus de ponta, nem vestem mantos. Mas, desde antigamente, o vestido de uma bruxa sempre foi preto. Preto entre todos os pretos. Isso não dá para mudar.

Kiki retrucou chateada:

— Que coisa antiga. Bruxa de preto, gato preto, tudo preto?

— O que é tradição não se muda. Somos bruxas de longa linhagem. Vestido preto fica lindo, dependendo do modelo. Deixe com a mamãe, vou costurar um rapidinho.

Kiki murmurou baixinho para si mesma: "De novo, a linhagem antiga." Fez bico com os lábios.

— Kiki, não se apegue assim à aparência. O mais importante é o interior.

— Mamãe, sei disso. Garanto que o interior vai bem, pena que não posso mostrar. — A garota fez cara de conformada, recolheu o queixo e dirigiu-se ao pai:

— Papai, posso levar um radinho? Quero voar com música. Um rádio vermelho seria legal.

— Deixe comigo! — O senhor Okino fez sinal afirmativo, sorrindo.

— Então, Kiki, vá descansar. — A senhora Kokiri também sorria ao virar-se para trás. Sua mão direita pareceu levantar rapidamente a ponta do avental até os olhos.

3

KIKI E A CIDADE PERTO DO MAR

A lua ficava a cada dia mais redonda. E chegou a noite de lua cheia. Para Kiki, era a data da partida.

Quando o sol começou a descer para o oeste, a menina foi se arrumar em frente ao espelho. Pôs o vestido preto costurado pela mãe. Ficava de frente, virava para trás, olhava-se de todos os ângulos. Um alvoroço. Jiji parecia imitá-la: aos pés da garota, espiava o espelho, esticando e encolhendo o próprio corpo. Os dois experimentaram montar na vassoura, meio de lado, fazendo pose.

— Ei, vocês dois, basta. Olhem a cor do céu, a tarde cai.

A senhora Kokiri ia de um lado para o outro, apressada com os preparativos.

— Mamãe, pode encurtar um pouco o vestido?
— Por quê? Ficou perfeito em você.
— Prefiro acima do joelho, mais moderno.
— Melhor assim, é mais elegante. E recatada. Sabe que tem muita gente que critica as bruxas, não? E aqui está o lanche.

A mãe bateu de leve nos ombros de Kiki para consolá-la e depositou o pequeno pacote ao lado dela.
— Coloquei ervas para durar um tempo. Comam devagar. Lembro que minha mãe era boa em preparar lanche para o dia da partida das jovens. Ela conhecia bem a magia das ervas para o pão durar mais e ficar sempre macio. Que pena eu não conseguir fazer o mesmo.

— Mas isso parece ser fácil de passar adiante... E sumiu assim? Será esse o mistério da magia? — Senhor Okino saiu do escritório com um livro na mão e entrou na conversa.

— Nem eu, que sou uma bruxa, entendo... Alguns dizem que as noites mais escuras sumiram e, junto a elas, foi-se o silêncio total. Se temos luz em algum canto, um ruído que seja, isso distrai e atrapalha a magia...

— Claro, se compararmos com antigamente, hoje em dia tudo é bem mais iluminado. Em algum lugar sempre há uma lâmpada acesa.

— O mundo mudou — concluiu a dona Kokiri.

— Será? — Kiki parou de se olhar no espelho, virou-se como quem não concorda e continuou: — Acho que isso não tem nada a ver com o mundo. As bruxas é que foram tímidas. Até a mamãe diz que bruxas devem ser discretas, recolhidas. Eu é que não quero viver preocupada com o que outros falam. Quero experimentar o que me dá vontade.

— Filha, falou bonito! — exagerou o pai.

— Ouça, Kiki... Em outros tempos, houve pessoas que conseguiram fazer coisas incríveis, não me refiro só às bruxas. Mas ligaram essas pessoas a coisas ruins, sinal de alguma fatalidade, e muitas se sentiram ameaçadas.

— Hum, pode ser que isso tenha acontecido... — O senhor Okino ficou pensativo.

— Por exemplo, falavam que as bruxas faziam mofar o leite recém-ordenhado. Devia ser o preparo de um queijo especial. E hoje em dia não comemos isso?

A senhora Kokiri olhou preocupada para Kiki.

— As bruxas sobreviveram porque decidiram viver em harmonia, colaborando com a sociedade. Cerimônias, de vez em quando, foram necessárias. E ajuda mútua, isso sim foi bom. Atualmente, tem quem pesquise e compreenda o universo das bruxas e dos duendes. É o caso do seu pai.

— Está me elogiando? Que honra. — O senhor Okino encolheu os ombros num jeito brincalhão.

— Olhem só, já escureceu. Logo a lua aparece. Vamos deixar de lamúrias e jantar. — A mãe bateu palmas e levantou-se.

— A claridade da noite de lua cheia vai ajudar, é ideal para a partida. De acordo com minha pesquisa, as datas de partida das bruxas foram cinquenta por cento chuva e cinquenta por cento céu limpo — falou o pai quase cochichando, ao que a mãe respondeu com leveza:

— Depende da sorte de cada momento. A noite está perfeita, o ar, tão puro. Pronta, Kiki? — E voltou aos preparativos.

— Tomara que você encontre um bom lugar. — O senhor Okino olhou firme nos olhos da filha.

— Mas, Kiki, seja prudente para escolher, não decida no impulso — ponderou a mãe.

— Eu sei, mamãe. Você se preocupa demais.

— Ei, ela não vai para outro planeta. Apenas para outra cidade. E, depois de um ano, pode retornar para casa.

O senhor Okino falava querendo diminuir a tensão entre as duas. A senhora Kokiri ficou de frente para a filha, outra vez com a feição compenetrada.

— Parece exagero o que digo... Mas escolha bem a cidade. Não decida pela aparência, por ter muitas lojas ou por ser alegre, ou algo assim. Em uma cidade grande, todos são ocupados, sem tempo de cuidar uns dos outros. Não demonstre medo na chegada. Lembre-se sempre de ter um sorriso no rosto. Para atrair confiança.

— Eu sei, mamãe. Não se preocupe comigo. — Kiki fez que sim com a cabeça várias vezes e virou-se para o pai.

— Papai, posso pedir uma coisa? Você pode me levantar para o alto? Igual quando eu era pequena, lembra? Você me jogava para o alto. — E a menina mostrou a língua, levemente acabrunhada.

— Vamos lá!

O senhor Okino mostrou-se animado de propósito e colocou as mãos debaixo dos braços de Kiki. Tentou levantá-la.

— Puxa, está pesada! Cresceu tanto assim? Vamos tentar de novo!

O pai ajeitou-se melhor e levantou a filha.

— Êêê! Estou no alto! — riu a menina, sentindo cócegas debaixo do braço.

Assim como previram, a claridade da lua cheia chegava banhando os capins da colina a oeste.

— Partimos, então?

Kiki queria despedir-se com belas palavras, mas não conseguiu dizer nada além disso. E, levando sua sacola nos ombros, apanhou a vassoura que tinha deixado ao lado. Segurou com a outra mão o rádio vermelho que ganhara do pai e dirigiu-se a Jiji, quieto a seus pés.

— Vamos, diga adeus...

Jiji levantou-se e olhou para o senhor Okino e para a senhora Kokiri.

— Cuide bem dela, Jiji.

O gatinho, como de costume, mexeu sua cauda em resposta.

— Mamãe, eu escrevo, tá?
— Sim, dê notícias.
— Se não gostar, pode voltar — disse o pai.
— Isso não vai acontecer! — Kiki estava firme.
— Querido, não vá amolecer agora — falou a dona Kokiri, fazendo cara de brava para o marido.

Quando o senhor Okino abriu a porta da sala, gritos de "parabéns" chegaram lá de fora. Eram os moradores da cidade. Em frente ao portão da casa, havia umas dez pessoas aglomeradas.

— Nossa! — balbuciou Kiki.
— Sabiam da partida? — perguntou a senhora Kokiri, com a voz rouca.
— Claro, viemos nos despedir de nossa querida Kiki. Só por um tempo.
— É um momento tão especial.
— Volte de vez em quando. Queremos ouvir os sinos.
— Esperamos histórias da sua viagem.

Todos falavam juntos, e ouviam-se também as vozes das amigas de Kiki.

— Obrigada. Que bom que vieram — foi o que ela conseguiu dizer, e, para disfarçar sua emoção, pegou Jiji no colo.

— Não choveu, que bom... — comentou o senhor Okino olhando para o céu.

Após essa calorosa despedida, Kiki prendeu o radinho na parte da frente, assentou Jiji na parte de trás e montou na vassoura. Quando o objeto planou, a garota voltou-se para a senhora Kokiri.

— Mamãe, fique bem, tá?

Sentiu que ambas iriam chorar se não se afastassem um pouco.

— Olhe para a frente, cuidado!

A voz da mãe alcançou-a, como de hábito. E os amigos riram. Kiki respirou aliviada. Sua mãe não mudava até nesses momentos. Melhor assim, pensou ela.

— Adeus! — gritou mais uma vez e lançou-se para o alto num impulso.

Avistava ao longe as mãos que acenavam, numa imagem que ia se esmaecendo. As luzes da cidade cintilavam, como se fossem um céu estrelado de cabeça para baixo. A lua cheia boiava, protegendo Kiki.

Logo, as luzes ficaram distantes. E, lá embaixo, viam-se somente as silhuetas negras das colinas, que lembravam o lombo de animais.

— Decida logo para onde vamos. — Jiji cutucou a garota por trás.

— Humm... — Kiki lançou um rápido olhar para os quatro cantos. — Sul. Quero ir para o sul, ouvi dizer que chegaremos ao mar. Quero ver o mar pelo menos uma vez. Podemos?

— E tenho como dizer "não"?

— Por favor, não diga — falou alto a menina, balançando de leve a vassoura.

— Por que garotas fazem perguntas à toa? Mas não confunda as coisas, não estamos procurando o mar. Vamos em busca de uma cidade.

— Sim, senhor. Então... onde fica o sul mesmo? — Kiki olhou para lá, para cá, e pareceu ter descoberto.

— Já sei, é desse lado. A lua está à nossa esquerda, não tem erro.

Ela deu um assobio animado e foi ganhando velocidade. O vento batia cada vez mais forte no rosto, e as palhas da vassoura soavam como o som da correnteza de um rio.

Vez ou outra, entre escuras montanhas, pipocavam luzes. Em outros momentos, ainda que mais raramente, viam-se plantações em tons de cinza. Na maior parte do tempo, contudo, eram apenas montanhas e montanhas que se encadeavam.

Kiki seguiu voando sem pausa, indo cada vez mais longe. O céu a leste começou a clarear um tantinho. Conforme expulsava a noite, a parte clara ia tomando mais espaço, espalhando-se amplamente. E o mundo, que antes se mostrava em tons de cinza e de verde-escuro, ia se revelando em toda sua diversidade de cores e contornos. Os morros se cobriam de um verde suave como a primavera, tão leve que parecia querer flutuar a qualquer momento. As montanhas pontiagudas brilhavam de orvalho. Kiki sentiu o peito pulsar de emoção ao ver o quanto um fio de raio solar transformava o mundo em tamanha beleza.

Em um vale estreito, avistou um vilarejo. Um, dois fios de fumaça saíam das chaminés e subiam em diagonal.

Mais adiante, algo brilhou entre as montanhas. Era um rio que serpenteava. Aparecia e se escondia, tornando-se cada vez maior.

— Vou seguir aquele rio. O rio vai chegar ao mar.

Kiki ligou o rádio e começou a assobiar junto com a música. A vassoura recebeu o vento por trás e continuou a voar firme e animada.

— Sabe, não quero contrariar a mamãe, mas não me animo com uma cidade pequena — disse Kiki, quase que para si mesma.

— Ué, e que tipo de cidade você quer? — falou Jiji bem alto, para que sua voz não sumisse ao som do vento e do rádio.

— Humm... prefiro que seja maior que a cidade da mamãe. Com prédios altos, zoológico, uma estação onde o trem chega e parte. Ah, e com um parque de diversões... O que acha, Jiji?

— Você quer demais. Eu? Fico feliz se tiver um telhado onde bata sol... e uma janela para os raios entrarem e saírem... e um corredor ensolarado...

— Está com frio, Jiji?

— Um pouco.

— Venha cá. Nunca faça cerimônia, me fale tudo. Daqui por diante seremos só nós dois.

Enquanto falava, Kiki segurou Jiji, que veio escalando suas costas, e acomodou-o no seu colo.

— Kiki, olhe aquela cidade. O que acha?

Voavam há um tempo, quando Jiji chamou a atenção da garota, esticando o pescoço de repente. A cidade que se mostrava lá embaixo era inteira rodeada por belos montes, formando um círculo quase perfeito. Os telhados verdes e vermelhos se agrupavam, fazendo-a se parecer com um prato de sopa, com ervilhas e cenouras boiando.

— É bonita — disse Kiki.

— Uma cidade assim deve ser boa para morar.

— Jiji fez cara de quem sabe do que fala.

— Mas... é pequena demais... Ei, olhe ali! — exclamou sonoramente Kiki, apontando para baixo.

Era um pontinho preto, bem lá embaixo, que aos poucos aumentava de tamanho. Vinha se aproximando. Mais de perto, viram que era uma bruxinha, com seu gato preto no ombro, voando numa vassoura. Mas a vassoura balançava tanto que parecia um cavalo selvagem.

— Vamos tentar falar com ela?

Kiki se curvou, contraiu o corpo para baixo e foi ao encontro dela.

— Ah, olá! — A outra bruxa arregalou os olhos, em meio ao voo turbulento. Ela parecia um pouco mais velha do que Kiki.

— Que boa surpresa encontrar uma colega. De onde você veio? É novata? Ah, por acaso é o seu dia especial? — A garota correu os olhos por Kiki, analisando-a da cabeça aos pés.

— Sim, parti ontem de noite. Dá para notar? — Kiki emparelhou a sua vassoura com a da outra bruxa.

— Claro que dá. Toda arrumadinha, a cara contraída, me lembrei do dia da minha partida.

— Mesmo? Eu, tensa? Pensei que estava calma...
— Kiki soltou uma risada nervosa. — E quando você partiu?
— Faz quase um ano.
— Que tal a sua cidade?
— Enfim me acostumei.
— Quer dizer que foi difícil? — perguntou Kiki franzindo o cenho, um pouco apreensiva.
— Não, não, até que eu me dei bem.

A outra bruxinha, mais experiente, encolheu os ombros orgulhosa de si. E seu rosto redondo tornou-se gentil. Ao sorrir, fez surgir duas covinhas nas bochechas.

"Ah, é isso...", Kiki se lembrou do que disse sua mãe sobre ter sempre um sorriso no rosto.

— E qual é a sua atividade para viver?
— Leio a sorte. Junto com o meu gato, Pupu. Sou boa em captar o sentimento dos outros. Todos dizem que vou bem. Não sei se para me agradar... as pessoas da cidade são gentis.
— Que bom. E volta logo para sua casa?
— Sim, de cabeça erguida. Estou bem satisfeita. Claro que houve também momentos complicados.
— Imagino. Sua vassoura parece quebrada.
— Oh, não é isso. Eu é que sou ruim de voar. Mas preciso voar vez ou outra, senão deixo de ser uma bruxa, não é? Quero continuar a ser, ainda mais agora que vivo por conta própria. Hoje me chamaram

da chácara do morro no outro lado da cidade, uma vaquinha não está bem, saí cedo por conta disso. Não é para ler a sorte, mas é um chamado...

— Para ver a vaquinha?

— Nunca dizer "não" ao ser solicitada. É o segredo do trabalho de uma bruxa. Essa vaquinha é meio excêntrica, acha que é gente. Da outra vez, ficou mal-humorada porque não gostou do som do sino que colocaram no pescoço dela.

— É mimada — sorriu Kiki.

— Acho que ela gosta de música. Troquei o sino e entoei umas cantigas. Não é que ela melhorou? A dona da vaquinha ficou contente e me deu um queijo especial. De fino aroma, estica quando aquecido na brasa. Essas coisas me deixam feliz.

— Que bom, você está indo bem.

— Vai dar tudo certo com você também. É graciosa, como eu. Parece inteligente, como eu, e voa bem. Parece arteira... Mas vá firme. Agora, tenho de ir.

A garota movimentou as mãos em despedida e se afastou, com seu voo turbulento.

— Hum, ela aproveitou para se exibir... — disse Jiji baixinho.

— Mas ela me elogiou.

— Será? E aquele gato cheio de pose? Nem me cumprimentou, com ar de superioridade.

— Ah, Jiji, você queria conversar? Por que não o cumprimentou primeiro?

— Eu? Não é isso... — Jiji fungou.
— Bom, vamos lá. Concentração!
A bruxinha pegou impulso, deu um giro para a direita e retomou seu caminho.

Kiki seguiu voando firme. Chegou a avistar algumas cidades agradáveis.
— Bem que você poderia decidir logo... — Jiji resmungava, mas Kiki insistia em ir até o mar. "Mais um pouco", "um pouco mais", repetia as mesmas palavras.
Logo, as montanhas começaram a diminuir, e a paisagem mostrava plantações, vilarejos e cidades. O rio estava mais largo e fluía em curvas generosas. A sombra dos dois viajantes, projetada na superfície, parecia um peixe n'água.

— Olha, não é o mar? — perguntou Jiji em voz alta.

Kiki, que mantinha a vista para baixo, levantou o olhar. E avistou uma linha fina e brilhante ao longe, que dividia o céu e o mar, ambos azuis.

— É verdade, o mar! Boa visão, Jiji, achou rápido.

— Ah, é só uma grande poça d'água. — Jiji mostrou-se um pouco desapontado.

— Maravilhoso! Demais!

Kiki soltou uma voz de puro entusiasmo e olhava encantada, de uma ponta a outra, até onde sua vista alcançava. Foi quando reparou numa cidade que se espalhava bem onde o rio ia mergulhar no mar.

— Uma cidade! Veja que ponte grande! — gritou Kiki outra vez.

— Um trem! — Desta vez, os dois soltaram a voz juntos.

— Vamos ver de perto! — E Kiki aumentou a velocidade.

Mais próximos, viram que a cidade era ainda maior do que aparentava a distância. Tinha muitas torres, em formatos diversos, quadrados, triângulos, todas apontando para o céu. Kiki girou o seu olhar pela cidade e se animou.

— Quero ficar aqui!

— Não é grande demais? O que disse a dona Kokiri? Cidade grande e agitada não é fácil. — Jiji estava apreensivo.

— Mas eu adorei. Veja, veja aquela torre!

Kiki apontava para uma torre de relógio, muito alta, no centro da cidade, que se destacava como uma escada para o céu.

— Sabe o que pensei? Que seria divertido segurar a torre pela ponta e girar a cidade que nem pião! — Os olhos de Kiki brilhavam. — Veja a sombra alongada da torre, a cidade inteira lembra um relógio de sol.

— Quanta imaginação! E se já tiver uma outra bruxa morando aqui? Como naquela outra cidade.

— Só perguntando para saber.

Kiki direcionou o cabo da vassoura para baixo e desceu devagar, até pousar no centro da cidade.

A rua estava animada com o ir e vir dos moradores fazendo as compras da tarde. Quando Kiki pousou com a ponta dos pés nos paralelepípedos, todos pararam espantados. Alguns se afastaram, receosos, uns até se esconderam atrás de outros, e logo se formou um muro de gente em volta da garota. Kiki se apressou em desmontar da vassoura e, com Jiji nos ombros, pôs um largo sorriso no rosto.

— Olá!... Eu sou a bruxa Kiki...

— Bruxa? Quase não tenho visto hoje em dia... — Uma senhorinha ajustava os óculos enquanto olhava para a garota.

— Quer dizer que não tem uma bruxa na cidade? Que bom. Sou a bruxa Kiki e este é Jiji, meu gato. Será um prazer se puder morar aqui. — E curvou-se para cumprimentar todos formalmente.

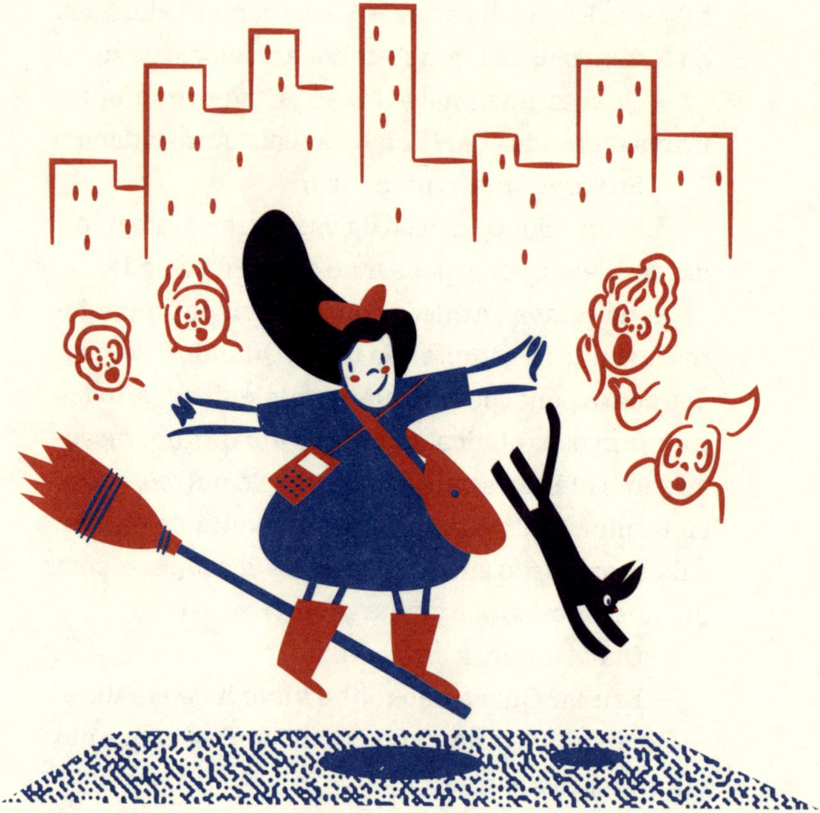

— Morar? Aqui na cidade de Koriko? — perguntou um homem.

— E quem decidiu isso? O novo prefeito? — Era a voz de uma mulher.

Todos começaram a falar ao mesmo tempo, trocando olhares desconfiados.

— E qual é a vantagem de ter uma bruxa por aqui?

— Não é estranho voar em vassoura nos dias de hoje?

— Já ouvi dizer que sempre tinha pelo menos uma bruxa em cada cidade. Mas aqui nunca sentimos falta.

— Mamãe, bruxa usa magia, não é? É divertido.

— Não estaria ela tramando algo ruim?

Ao ouvir tantas palavras, algumas não muito gentis, Kiki sentiu um aperto no peito. Mas lembrou-se do "sorriso no rosto, sorrir sempre", e tentou conversar.

— Eu gostaria muito de viver aqui. A cidade é bonita, a torre é incrível.

— Apreciamos que tenha gostado, porém...

— Porém não queremos confusão!

— Bem, faça como quiser...

Os moradores continuaram a tagarelar, mas logo foram se dispersando.

Todo o entusiasmo de Kiki murchou completamente. Sua expectativa era que, não havendo uma bruxa na cidade, as pessoas a recepcionassem bem, pela novidade em si. E, por ter voado sem comer nada de manhã, ela sentiu o cansaço chegar de uma vez, e teve a sensação de que seu corpo se afundaria no chão.

Na cidade natal de Kiki, todos apreciavam ter uma bruxa como moradora. "Uma bruxa aqui é como ter óleo para os relógios, a cidade fica mais viva", diziam, e cuidavam muito bem dela. Quase todos os dias chegava alguém trazendo guloseimas. E, claro, sua família também compartilhava o que podia: com o remédio para espirro preparado pela senhora Kokiri, ou identificando o nome de uma planta medicinal usada há milhares de anos, ou quando Kiki visitava os idosos que moravam sós e brincava com eles de cama de gato, ou ainda quando a menina voava para entregar objetos que alguém esquecera. Levavam uma vida de solidariedade mútua.

Por ter vivido numa cidade assim, desde que nascera, era difícil lidar com a frase "faça como quiser". E justo na sua primeira experiência fora de casa. Ficou desolada, sem entender bem o que significava "como quiser".

Kiki começou a caminhar sem rumo, arrastando consigo a vassoura.

— Bem que dona Kokiri alertou, cidade grande não é legal — disse Jiji, quase num cochicho, acomodado no ombro da menina.

Ela fez que sim com a cabeça, num esforço para não deixar escapar uma lágrima.

— O que faremos? Hein? — disse ela baixinho e acariciou a cauda do gato.

— Daremos um jeito. — Jiji balançou a cauda para animá-la.

Logo chegaria a noite. Ela tinha o lanche preparado pela mãe, ainda inteiro. Onde iriam pernoitar? Trazia dinheiro para passar a noite numa pousada, mas esses lugares aceitariam uma bruxa? Sua autoconfiança sumira, e a menina simplesmente caminhava sem rumo.

— Pena as bruxas não terem mais tanto poder. Se fosse em outros tempos, bem que a gente se vingava — falou alto Jiji. — Era só segurar a ponta daquela torre e lançar a cidade inteira para o pico da montanha — brincou, tentando animar sua amiga, que nada disse, só encolheu os ombros.

Kiki deixou o centro, mais movimentado, e andou para lá e para cá. Até que chegaram numa ruela. Ali, os altos prédios davam lugar a charmosos casarios. Entardecia, e todas as lojinhas começavam a baixar as portas. Seria hora da refeição? Sons de louças se batendo e risos ecoavam pelo lado de dentro das janelas.

Foi então que uma voz aguda de mulher veio do interior de uma padaria, com a metade da porta cerrada.

— Ai, a freguesa esqueceu isto! Querido, corra para entregar!

Kiki pensou que fosse com ela e parou. Logo, ouviu uma voz masculina:

— Não faça drama, é só uma chupeta. Não foi o bebê que ela esqueceu. Tenho uma reunião agora, amanhã vou lá entregar.

— Não dá para esperar. É uma freguesa querida. Ela vem de longe, com filho pequeno, só para comprar o nosso brioche. Não é apenas "uma chupeta", para o bebê é algo importantíssimo. Que nem seu cachimbo, ora. Tadinho, ele não vai conseguir dormir esta noite. Deixe, eu mesma levo.

A mulher devia ser a dona da padaria. Ela passou por baixo da porta semicerrada e surgiu na frente da loja. A voz do homem veio atrás.

— Ei, volte aqui! Como é que você vai atravessar o grande rio?

A senhora estava grávida, com a barriga enorme, como se fosse ter o bebê a qualquer momento. Segurava firme uma chupetinha. Ela olhou para trás e perguntou:

— Então, você vai?

— Amanhã.

A mulher fez um movimento com o queixo.

— Sei... Meu querido, logo você será pai, vai ter de mudar de atitude — falou ela, olhando em direção à padaria, e começou a caminhar, segurando a barriga com ambas as mãos. Não parecia ser tarefa fácil se mover, pois ela respirava ofegante.

— Senhora! — Kiki correu atrás. — Posso ajudar? Gostaria que eu entregasse?

A mulher virou-se e deu uns dois ou três passos para trás. E examinou Kiki da cabeça aos pés, com um olhar rápido e atento.

— Nossa, uma garota tão graciosa... com vestido preto e vassoura nas mãos? Por acaso é limpadora de chaminés?

— Não, é que eu... acabei de chegar à cidade. Sou bruxa e... — falou Kiki, hesitante.

A senhora lançou outro olhar, analisando melhor Kiki.

— Bruxa? É uma bruxa? Tinha ouvido falar, mas é a primeira vez que vejo uma. — Ela respirou fundo, movimentando os ombros. — De verdade? Não é uma atriz de alguma companhia de teatro?

Kiki se apressou em fazer que não com a cabeça.

— Sou mesmo bruxa. Entregar um objeto é fácil para mim, me permite ajudá-la? — disse ela, escolhendo as palavras.

— Então, é uma bruxa genuína... Mas o lugar é um pouco longe. Tudo bem?

— Distância não é problema. Só espero que não seja na Antártida, porque não vim vestida para o frio.

A mulher começou a rir.

— Sabe que gostei de você? Posso mesmo aceitar sua ajuda?

Kiki riu junto e confirmou:

— Claro. — Depois, ficou em dúvida. — Ah, senhora...

— Não precisa me chamar de senhora. Meu nome é Osono, sou a dona da padaria.

— É que... bem, Osono, vou voando. Tudo bem?

— Que exagero, não precisa de avião, não é tão longe assim.

— Vou montada na vassoura.

— Hein?

Osono abriu e fechou a boca, várias vezes, de puro espanto.

— Hoje é um dia estranho — disse ela, sacudindo a cabeça. — Seja bruxa, seja espantalho, voando, nadando, não tem problema. Não gosto de complicar. O mais importante é entregar a chupeta para o bebê.

— Ah, que bom, me sinto aliviada — sorriu Kiki, e, no ombro dela, Jiji balançou a cauda para mostrar-se simpático.

— Então, por favor. — Osono buscou o objeto no bolso do avental. — Vou desenhar o mapa. E não é por desconfiança, mas pode pedir para a mãe do bebê dar um visto? Aqui no mapa? Na volta lhe darei alguma recompensa.

— Obaaa! — gritou Kiki, como se estivesse com uma amiga.

Ao receber o mapa e o objeto, montou rapidamente na vassoura e chutou o chão para iniciar o voo.

— Caramba, é uma bruxa de verdade! — A voz de Osono veio lá de baixo.

Quando Kiki chegou para entregar a chupeta, a mãe do bebê ficou aliviada.

— Você nos salvou! — exclamou ela, e agradeceu várias vezes.

O bebê, que chorava alto, abriu um sorriso ao receber a chupeta na boca. E Kiki voou de volta para a padaria, sentindo-se bem mais leve. As palavras da mãe do bebê, "você nos salvou", aqueceram seu coração.

— Agora estou bem. Fique tranquilo — falou ela para o gatinho lá atrás.

Jiji fungou pelo nariz:

— De repente me deu fome.

— É mesmo. — Kiki estendeu sua mão para trás e tocou nas costas do amigo. — Quando terminar essa entrega, a gente escolhe uma boa árvore, senta e come o lanche que a mamãe preparou. Não vamos comer tudo de uma vez. Olhe, que lua enorme. Uma noite assim, clara, nos ajuda demais.

Osono estava no mesmo lugar, do mesmo jeito, olhando o céu com a mesma cara de espanto. Assim que Kiki aterrissou, ela disse, empolgada:

— Nossa! Que coisa boa poder voar. Você me ensina?

— Sinto muito, isso é complicado. Para voar, é preciso ter sangue de bruxa nas veias.

— É mesmo? — Osono deixou escapar uma voz desapontada. — Nunca se sabe, talvez eu tenha alguma ancestral bruxa? Veja! — Ela soltou os braços que apoiavam a barriga, imitando o movimento de asas que nem um pássaro.

— Acho que você não é uma bruxa. — Kiki olhou para baixo e segurou o riso.

— E como sabe?
— Eu sinto.
— Hum, que pena. Pensando bem, nunca ouvi dizer que minha avó ou mesmo minha bisa fossem bruxas. Ah, ia me esquecendo. E o bebê?

Kiki entregou o mapa onde a freguesa havia escrito o nome do bebê.

— Chorava, mas logo mudou de humor... Fiquei feliz.

— Que bom. Senhorita bruxa, agora a recompensa...

— Pode me chamar de Kiki. Não, nada de recompensa. Foi tão bom conhecê-la... É que... eu acabei de chegar à cidade.

— Você é generosa. Bem, aqui temos pães. Sobras de hoje, caso não se importe... — Osono trouxe de dentro da padaria cinco brioches e entregou para a garota.

— Devem ser deliciosos, obrigada! — Kiki soltou uma voz animada ao receber os pães. E virou-se para sair dali, despedindo-se com polidez.

— Senhorita bruxa, ou melhor, Kiki. Este é o seu nome? Você disse que acabou de chegar, por acaso tem onde passar a noite?

— ...

Kiki baixou os olhos para o chão, com Jiji no colo.

— Está sem um lugar onde dormir?

— ...

— E por que não disse logo? Temos um depósito de farinha nos fundos, e o andar de cima está vago. Com uma pia e torneira.

— De verdade? — No espanto, Kiki apertou forte o gatinho em seus braços.

— Se você não gostar, amanhã procura outro lugar.

— Claro que vou gostar! Que alívio. Não sabia o que fazer. Mas não se importa? Sou uma bruxa. Parece que as pessoas desta cidade não curtem muito... — Kiki voltou a baixar os olhos.

— Eu gostei de você. Fique tranquila. Saiba que acho bem bacana hospedar uma bruxinha. — Osono tocou o queixo de Kiki, fazendo-a levantar o rosto. E deu uma piscadinha marota.

O depósito de farinha era um anexo da padaria. O segundo andar estava inteiramente coberto por uma fina camada de pó branco. Os dois viajantes, mais tranquilos, comeram a comida que carregaram de casa e depois se jogaram na cama, de tão cansados que estavam.

— Ai, amanhã terei virado um gato branco? — Jiji olhou para o próprio corpo e espirrou.

— Veja, Jiji, tem janela aqui. Dá para tomar sol, como você queria.

Kiki respirou aliviada. Enfim terminava o dia de uma longa viagem. O primeiro dia para a sua independência.

— Kiki, amanhã buscamos outra cidade?

— Sabe, penso em ficar um pouco aqui. Não foi a recepção que eu esperava, mas viu que a dona da padaria gostou de mim? Quem sabe aparecem mais uma ou duas pessoas que gostem da gente? Não acha?

— Pode ser. Mais duas ou três, quem sabe? — Jiji mal acabou de falar e já mergulhava num sono profundo.

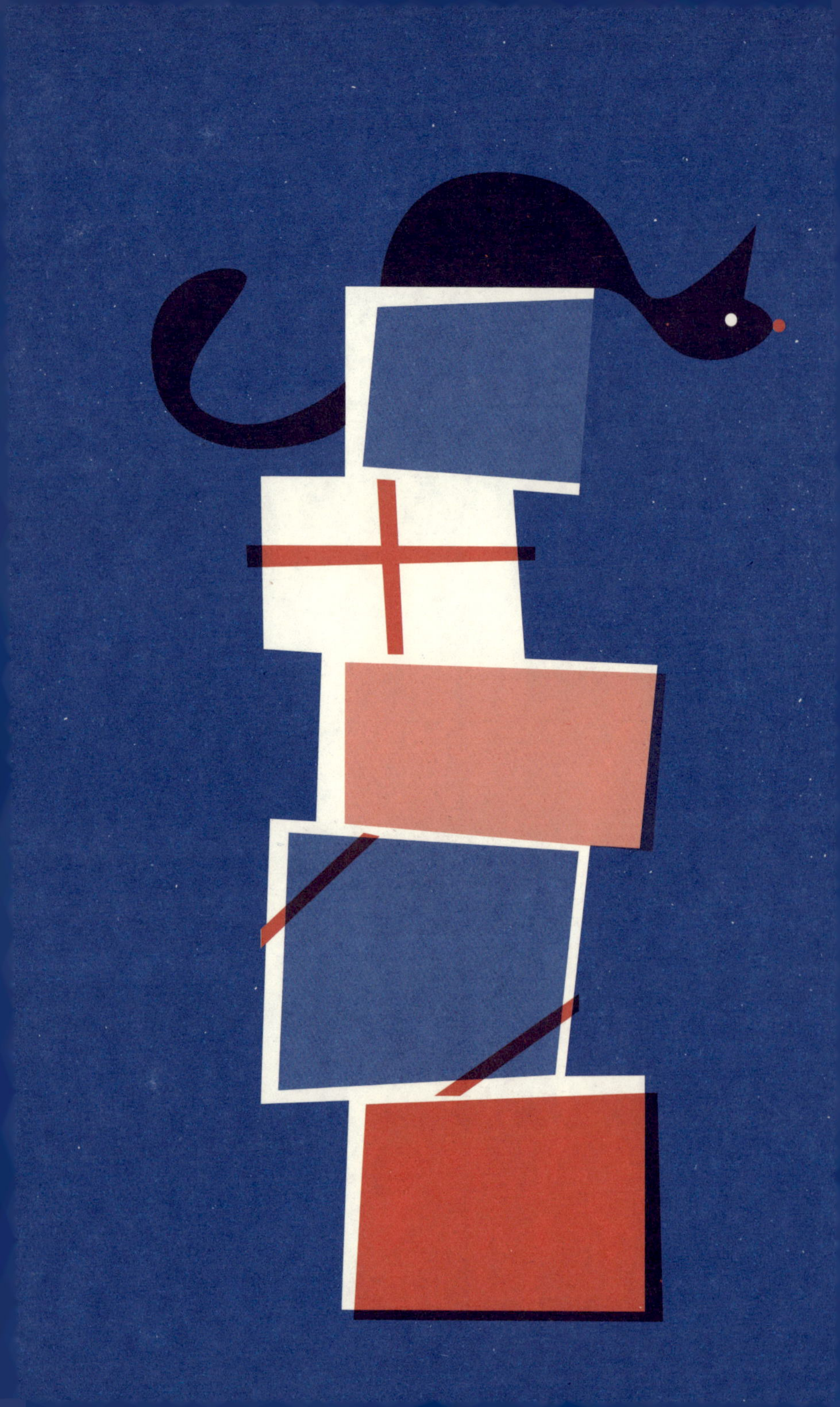

4

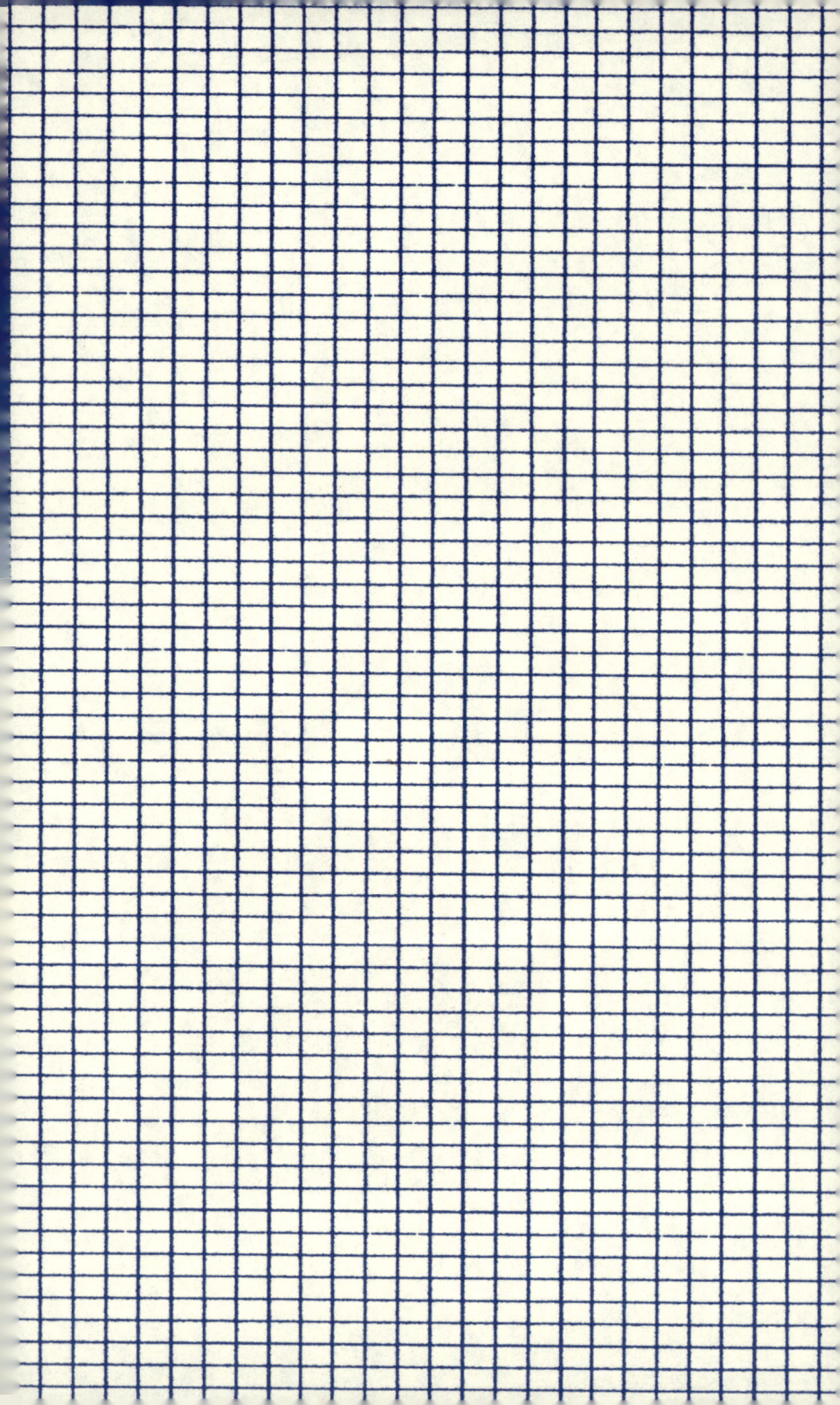

UM TRABALHO PARA KIKI

Passaram-se três dias desde a chegada da bruxinha Kiki na cidade de Koriko.

"Pode ficar o quanto quiser." Alentada por essas palavras de sua anfitriã, Kiki não saiu por um momento que fosse do depósito de farinha. Comia sem apetite, de pouco em pouco, as sobras do lanche preparado pela mãe e os brioches que ganhara de Osono. Passava os dias sentada na beira da cama, sem nenhuma atitude. Jiji parecia captar o mesmo humor e deixava-se estar bem juntinho da garota.

Já era tempo de sair para comprar alguma comida. Mas não conseguia. Ao ouvir os ruídos da rua e ver, pela janela, pessoas apressadas, a menina ficava receosa. Sentia que tudo naquela cidade funcionava de forma mecânica e impessoal.

A confiança adquirida na noite em que entregou a chupeta para o bebê se esvaíra na manhã seguinte.

— Humm... sei lá... — balbuciava frases desconexas desde então.

Daria para ela viver na cidade fingindo ser uma pessoa comum. Ou, então, poderia voltar para casa. Sim, seria constrangedor... Mas não impossível. Só que isso seria como virar um inseto, daqueles que põem a cabeça para fora e logo se recolhem no próprio casco. Sem querer fazer pouco do inseto, Kiki não desejava essa vida para si. Olhou desolada para a vassoura da mãe encostada no cantinho do quarto e apertou o peito.

"Não, não posso continuar deste jeito. Preciso encontrar algo para mim... Entreguei a chupeta para o bebê. Quem sabe fazer algo assim? Sou boa em voar. A mamãe disse que pessoas da cidade grande estão sempre ocupadas. Será que precisam de alguém para pequenas entregas?"

Kiki sentiu-se melhor ao pensar nessa possibilidade. Sua anfitriã veio vê-la, e ela aproveitou para compartilhar a ideia.

— Você quer dizer... um serviço de entregas? — Osono quis entender melhor.

— É isso... Mas não grandes pacotes... Penso em objetos pequenos, coisas diversas, de forma simples, como se pede para uma vizinha, entende?

— Sim, pode ser uma boa. Pensando bem, pode funcionar. Eu mesma, quando o bebê nascer, não poderei sair muito. Hum, a ideia é ótima! — Osono mostrou-se cada vez mais animada. — Mas como vai fazer para cobrar? Se vai entregar coisas pequenas, não será fácil definir o valor.

— Uma troca acho que está bem.

— Troca?

— Ah, é o jeito que nós bruxas vivemos hoje em dia. Colaboramos com algo e as pessoas compartilham o que podem. É um estilo de vida, de dar e receber. — Sem perceber, Kiki estava imitando o tom de fala de Osono.

— Dar e receber, fazia tempo que não ouvia isso... Mas cobre suas despesas? — ponderou Osono.

— Sim, as bruxas não têm tantos gastos. A roupa não varia, não sou de comer muito, consigo me virar bem com o que tenho.

— Interessante. — Osono estava admirada. — Sendo assim, você precisará de um pequeno escritório, não?

— Ao menos de um cartaz para anunciar o que ofereço.

— E o que acha daqui? No andar de baixo, empilhamos o estoque de farinha num canto e abrimos espaço.

— Verdade? Posso?

— É só um cantinho. E começar pequeno é bom para qualquer negócio. O desafio é crescer aos poucos — refletia Osono, eufórica como se fosse ela mesma a se aventurar em algo novo. — Quanto antes começar, melhor. Mas, Kiki, anunciar só "entregas" pode soar vago. Precisa ser mais clara, explicar que leva coisas urgentes, que o objeto é entregue de porta a porta, falar da praticidade. E pode acrescentar a palavra "bruxa". "Bruxa Kiki Entregas." Não acha melhor?

— A palavra "bruxa" não assusta?

— Que nada! Quanto mais único, mais interessante. Veja o nome da nossa loja: Padaria Jankempô. Todos guardam um nome assim. É o segredo do negócio.

Osono olhava para Kiki e balançava a cabeça, confiante.

No dia seguinte, nasceu o bebê de Osono. Uma menina. Kiki ficou ocupada ajudando na padaria e cuidando de Osono. Adiou um pouco a abertura do negócio. Passados dez dias, finalmente chegou a data da inauguração.

A parede externa, que estava esbranquiçada pelo pó de farinha, foi cuidadosamente limpa. E ali fixaram um cartaz.

Graças ao apoio de Osono, o número de telefone era fácil de memorizar. Kiki e Jiji saíam várias vezes para olhar o cartaz, e a cada vez a garota dizia:

> **BRUXA KIKI ENTREGAS**
> Na vassoura voadora, de porta em porta, entrego de tudo, ligeira como o vento.
> Telefone: 123-8181

— Agora começamos. Não adianta a gente se preocupar à toa.

— Isso mesmo. Você não disse que estava empolgada como no dia da partida? — Jiji tentava dar a maior força.

A parte interna do escritório teve uma boa ajuda do marido de Osono e ficou bem ajeitada. Os muitos pacotes de farináceos foram organizados num canto. Empilharam tijolos na entrada, apoiaram uma tábua e improvisaram assim uma mesa de escritório, na qual Kiki pôs o telefone. Na parede logo acima fixaram um mapa bem grande da cidade de Koriko. A vassoura da mãe ela pendurou na parede do outro lado da porta, para ser visualizada por quem entrasse. Tinha escovado bem as palhas para deixá-la viçosa. E, ao olhar para ela, pensou: "Ainda bem que não vim com a que eu fiz, nova e frágil. Tanta coisa para pensar, ao menos não preciso me preocupar com a vassoura."

O pequeno escritório de Kiki estava inaugurado. Porém, mesmo já tendo se passado uma semana, não aparecia nenhum cliente.

A garota foi olhar a bebê, e Osono mostrou-se preocupada.

— Será a palavra "bruxa"? Desculpe, foi uma sugestão minha. Ouvi dizer que tem gente com receio. Do objeto para entrega virar pó, de você pôr alguma magia... Absurdo. Tinham de experimentar pelo menos uma vez... Pena que ainda não consigo me mexer muito, poderia ajudar de alguma forma.

— Não se preocupe. Logo vão me aceitar...

Kiki tentou parecer alegre. Mas, ao voltar para o escritório, sentou-se na cadeira, desolada. Esqueceu-se até de almoçar.

— Que triste. Por que inventaram que bruxas só trazem problemas?

— É porque não conhecem — disse Jiji, com ar de quem sabe do que fala.

— É isso. Não sabem que bruxas nunca fizeram maldade. Coisas estranhas, sim... Mas as pessoas rotulam como mal o que não compreendem. Eu achava que era crendice do passado...

— Por isso temos de esclarecer as coisas. E se fizermos uma divulgação? — sugeriu o gato.

— Divulgação? De que jeito?

— Distribuir folhetos, por exemplo.

— De que tipo?

— Dizendo que você é uma bruxa graciosa, algo assim.

— Humm... pode dar certo. — A voz da menina ganhou ânimo. — Bom, vou tentar escrever o texto...

Kiki levantou-se e abriu a janela, cerrada até então. O vento que aguardava passagem entrou. Nem forte, nem frio, um vento gentil de primavera veio acariciar Kiki, que percebeu o peso no peito se esvaindo. E, como uma toupeira que sai da toca, acostumando-se com a intensa claridade, olhou devagar para os arredores.

Do outro lado da rua, as casas exibiam as janelas totalmente abertas, assim como as cortinas, deixando o sol se espalhar pelo interior. Uma música de rádio chegou de carona com o vento. Vinham vozes, alguém chamando por alguém.

O olhar de Kiki parou numa das janelas de um apartamento mais distante. Uma moça? Ela fazia um movimento amplo com as mãos, estaria chamando? Kiki apontou os dedos para si, perguntando se era com ela. A outra manteve o movimento das mãos, dizendo que sim. Então, a garota correu os olhos pelas janelas, contou a partir da esquerda e calculou que era o quarto apartamento, do terceiro andar.

— Vou dar um pulo lá. Parece que ela está me chamando. Quer vir, Jiji? — A bruxinha já segurava a vassoura. O gatinho simplesmente saltou no colo dela.

Kiki subiu as escadas e logo soube qual era o apartamento, pois a porta estava aberta. Do lado de dentro, a moça tinha uma maleta azul numa das mãos e, em frente ao espelho, ajeitava um chapéu carmim na cabeça.

— Ah, entre. Venha cá — disse ela apressada ao ver Kiki pelo espelho. — Soube pela dona da padaria... Você faz entrega de objetos?

— Sim... faço.

— Voando? Pelo ar?

— Sim. — A garota baixou os olhos, sentindo certo receio do comentário que poderia vir a seguir.

— É verdade que o custo é simbólico?

Kiki confirmou com a cabeça.

— Você é tão graciosa! Ouvi dizer que era uma bruxa. Sabe, cheguei a pensar que tinha os caninos afiados e um chifre na cabeça. — A moça chegava a parecer desapontada, pela imagem tão diferente que via à sua frente.

Kiki quase soltou um "Que absurdo!" em protesto. Segurou-se a tempo.

— Ah, desculpe. É que não havia uma bruxa na cidade até você chegar. Eu nunca tinha visto uma. Nas histórias, bruxas são sempre pavorosas. Bem, vamos ao que interessa. O que seria um custo simbólico? Se você vai voando, deve sair caro.

— Pode ser alguma troca. — Kiki baixou os olhos de novo.

— Troca? Deixe-me ver... Sou costureira, vivo ajustando vestidos...

A moça se virou de frente para Kiki pela primeira vez e contraiu o nariz, pensativa. Analisou a garota de alto a baixo e balançou a cabeça em reprovação.

— Esse seu vestido... é bacana, mas não acha um pouco comprido? A moda agora é subir até o meio do joelho. Aí está! Dentro de três dias eu volto e ajusto a barra. O que acha desse arranjo?

"Ela nem disse o que devo entregar, e já vai decidindo", Kiki pensou, mas manteve-se quieta.

A moça voltou-se de novo para o espelho e, com ajuda de um alfinete, ajeitou o chapéu num estilo bem moderno. Mais apressada do que antes, disse:

— Preciso atender uma cliente. Ela mora longe, é cheia de caprichos, quando quer um vestido tem de ser para já. Então... — Apontou para a mesa onde havia uma gaiola coberta com um véu branco. — Presente de aniversário do meu sobrinho. Gostaria que entregasse. Ele quer a gaiola e o boneco, dois presentes; prometi levar até as quatro da tarde. Qualquer atraso, ele me faz plantar bananeira. Noventa e quatro vezes! No fim, já nem sei mais onde estão meus pés, nem a cabeça. Resta só mais uma hora. Pode entregar a tempo? Por favor. O endereço é rua do Abricó, número dez. Siga rio acima, a rua fica atrás de uma grande floricultura, quase saindo da cidade. O quê? O nome? Pergunte por um menino levado. Será fácil encontrá-lo. Conto com você!

A moça falou sozinha, empurrou a gaiola para Kiki, pegou sua maleta e saiu do apartamento.

Kiki levantou o véu para espiar dentro.

— Olhe, Jiji, parece com você. Que bonitinho.

Um gatinho preto de pelúcia, com laço de fita verde no pescoço, sentado numa pequena almofada prateada. Provavelmente era obra da jovem costureira.

Kiki passou a alça da gaiola no cabo da sua vassoura, prendendo-a logo atrás do radinho.

— Você me ajuda? Pode vigiar aí de trás? — pediu para Jiji, colocando-o sentado na vassoura. E partiram sem demora, saindo das sombras do prédio.

— Havia quanto tempo não voávamos? Que delícia.

O sol passava para o lado oeste e lançava uma luz ofuscante. Vez ou outra, um vento vinha levantar o véu, e Jiji encarava o interior da gaiola.

— Esse gato usa uma fita — murmurou consigo mesmo. — E ele fica sentado numa almofada.

— Você quer uma almofada? — Kiki olhou para trás e riu. — Isso é para um boneco que não se mexe.

Jiji fingiu nem ouvir e devagarinho chegou mais perto da gaiola. Esticou as patas da frente e arranhou a gaiola com as unhas, fazendo a vassoura dar um leve solavanco.

— Não, quieto aí! — repreendeu Kiki.

Jiji levantou as orelhas e recolheu devagar a patinha, colocando-a na boca.

— Você quer entrar na gaiola? Será?

— É bonita.

— Ai, Jiji, que infantil. Temos a mesma idade? — Kiki riu, sem acreditar.

A vassoura voltou a voar suave. Como se esperasse por isso, Jiji foi rápido em abrir a gaiola com as unhas. Esticou o corpo e ia entrar, mas a vassoura começou a se sacudir fortemente.

— Ai, ui, ai! — Kiki tentou segurar, mas o boneco rolou pela abertura. — Aaah! — De nada adiantava gritar, nem esticar o braço. O boneco caía girando pelos ares, como um redemoinho preto.

Kiki mudou rapidamente de direção e seguiu atrás do presente. Lá embaixo, bem longe, via-se um verde denso de floresta. Aproximou cada vez mais e mergulhou no verde. Sentiu diversos galhos açoitarem seu corpo. Enfim descobriu uma pequena clareira e colocou os pés no chão. Procurou pelo objeto, afastando os galhos com a vassoura e buscando entre os capins.

Nada. A floresta era enorme, e as árvores estavam carregadas de folhas. Se tivesse caído entre alguma trama de galhos, seria praticamente impossível encontrá-lo. Por ser leve, o vento poderia inclusive ter carregado o boneco para outro lugar.

Kiki teve vontade de chorar. A moça confiou-lhe uma tarefa importante mesmo sem conhecê-la. Era a primeira freguesa desde que tinha inaugurado o escritório. E estava para falhar. O horário prometido se aproximava. A menina olhou brava para Jiji, encolhido e sem graça.

— Veja só o que fez... — Mas parou. — Tive uma ideia! Você entra na gaiola.

Jiji levou um susto, levantou a cabeça, fez que não e deu passos para trás.

— Ué, você não queria entrar? Agora entre, não temos tempo!

Kiki levantou a voz e apontou o dedo para a gaiola, austera. Jiji entrou, apressado e desajeitado, mas lembrou-se de se sentar na almofadinha prateada. A menina fechou a gaiola e desta vez a voz saiu mais mansa:

— É só um tempinho. Assim que encontrar o boneco, vou resgatar você.

— E tenho de virar boneco? — Jiji levantou o olhar para ela.

— Isso.
— Não posso miar?
— Pode dormir. Vai ser fácil.
— Não posso nem respirar?
— Quanto menos, melhor.
— Hum, o garoto é levado. A moça não disse que ele a faz plantar bananeira noventa e quatro vezes?
— Não demoro, prometo.

Jiji respirou fundo e concordou, consternado, virando o rosto. Kiki prendeu a gaiola na parte da frente da vassoura e, sem perder tempo, levantou voo.

Voaram beirando o rio, e a cada esquina ela ia lendo o nome da rua. Foi fácil encontrar a rua Abricó, logo atrás da floricultura. Ao tocar a campainha, ouviram passos barulhentos do lado de dentro.

— Tia? — A voz acompanhou o abrir da porta.

Apareceu um menino cheio de curativos, um na bochecha, outro no nariz, dois na testa e três no joelho.

— Desculpe, sua tia não pôde vir. Veja, ela me pediu para entregar o que prometeu. Parabéns pelo aniversário!

O garotinho recebeu a gaiola e olhou rápido para o que havia dentro. Segurou com as duas mãos e, feliz, começou a dar voltas saltitantes. Pela fresta do véu, Kiki viu o gatinho saltando junto, apavorado.

— Eeei, cuide bem desse gatinho!

— Pode deixar. Vou cuidar. Vou guardar bem dentro do meu bolso — disse, e mostrou uma cara marota.

— Ai, ai — fez uma voz quase inaudível, de dentro da gaiola.

— Então, até breve! — despediu-se Kiki do menino.

— Ué, vou receber mais alguma coisa?

— Acho que sim. — E ela saiu apressada, segurando a vassoura.

Kiki retornou ao local onde deixara cair o boneco e só então percebeu que era um parque florestal. Procurou em cada canto, mas nada. E se não encontrasse mais o boneco? Jiji ficaria para sempre com o garoto... Não voltaria mais para Kiki... Agora que eram só os dois...

O entardecer se aproximava. Desolada, ela se apoiou numa das árvores. E baixou os olhos, segurando a barra do vestido.

— Cortar a barra e fazer um gatinho? Se está na moda vestido mais curto... posso tentar.

Foi quando ouviu, bem baixinho, uma cantiga que vinha de trás.

Preto fuligem é de medo
Preto do gato é de mistério
Preto da bruxa é de encanto
Entre tantos pretos,
qual deles escolher?

Kiki virou-se, espantada, e viu uma casinha por entre tramas de galhos. Então, percebeu que ela não estava recostada numa árvore da floresta, mas sim numa cerca viva que crescera sem limites, muito além da conta. Da janela avistou uma moça de costas, cabelos bem presos na altura da nuca.

"Talvez ela tenha visto algo, melhor perguntar..." Kiki conseguiu abrir uma pequena passagem, empurrando os arbustos, e seguiu pelo jardim cheio de flores do campo. Ao chegar até a casa, esticou-se para alcançar a janela, tentando falar com a moça que continuava de costas. A jovem estava pintando. Pela forma, parecia ser um gato o que ela pintava. E não é que, do outro lado do cavalete, pousava o bichinho de pelúcia?

A moça percebeu um ruído e virou-se, as duas se entreolharam.

— Ei... mas, aquilo... — Kiki apontou para um canto, surpresa.

— Ah... mas, você... — A moça também estava surpresa.

— Que alívio! — As duas falaram ao mesmo tempo e suspiraram.

— Que bom, achei! — disse Kiki.

— Que bom, achei! — repetiu a moça.

— O que você achou? — perguntaram as duas ao mesmo tempo, intrigadas.

— Eu falo do gato preto de pano — respondeu Kiki.

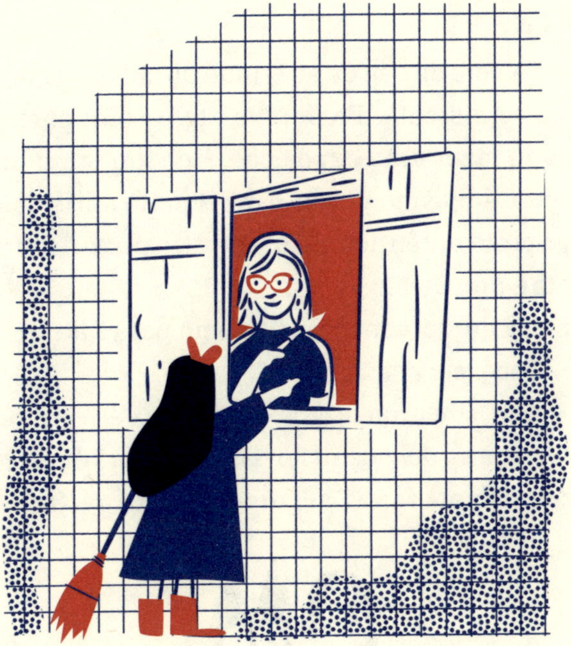

— E eu falo de você, garota com belo vestido preto!

As duas vozes se trombaram no meio e soou mais ou menos assim: "Eu falo do gato garota preto de pano belo vestido preto!"

Aliviada, Kiki fez uma pergunta direta:

— Por acaso esse boneco de gato preto não caiu lá do céu?

— Se veio do céu ou se brotou do chão, eu não sei. Achei na floresta. Procurava algo assim para pintar. Vou fazer uma exposição. É de um preto lindo. Eu queria mesmo pintar o mais preto entre os pretos, o preto autêntico. Se possível, o preto da bruxa. O gato é provisório.

Em seguida, a moça olhou bem para Kiki.

— Você, por acaso...?

— Sim, sou uma bruxa.

A moça se debruçou no parapeito da janela, quase caindo para fora. E segurou as mãos de Kiki.

— Esse gato eu lhe dou. Entre aqui, depressa. Pode se sentar naquela cadeira? Eu queria tanto encontrar uma bruxa, quase me mudei da cidade por isso. Nem acredito. Uma bruxa veio até aqui! Vamos, sente-se, por favor.

Era difícil não se deixar levar pelo entusiasmo da moça.

— Posso ser sua modelo. Mas não agora. Preciso levar o gato. Prometo que volto, e com um verdadeiro gato preto de bruxa. Aí você pode pintar, eu e o mais preto dos gatos.

— De verdade?

— Claro, de verdade! — Kiki apressou-se em receber o boneco para sair correndo.

— Promessa é dívida! — A voz da moça a alcançou logo atrás.

Escurecia quando Kiki retornou para a casa da rua Abricó. Pé ante pé, seguiu espiando as janelas que tivessem as luzes acesas. E lá estava Jiji, junto do menino, na cama. Ambos dormiam, sem nenhum cuidado. A cabeça do pobre gatinho praticamente dobrada para trás, com a mão do menino na cara e a barriga sendo esmagada pelo braço. Além de um esparadrapo no nariz, igualzinho ao do garoto.

Kiki abriu a janela devagar, esticou-se para dentro e puxou com cuidado a cauda de Jiji. Ele não se mexeu. Teria mesmo virado um boneco? A garota sentiu um aperto na garganta e percebeu o quanto Jiji era precioso, um amigo querido.

— Jiji, Jiji — chamou ela, baixinho.

Ele abriu devagar um dos olhos. Kiki colocou o bicho de pelúcia em cima da barriga do menino.

— Vamos! Depressa!

Jiji escapou devagar e quicou que nem uma bola para os braços da menina. No fundo da garganta soava um ronronar de choro e riso ao mesmo tempo.

— Ufa, que alívio. Respirar livremente e poder me mover assim — disse Jiji enquanto voavam, mexendo os olhos de um lado a outro.

— Mais um favorzinho, Jiji — pediu Kiki sem olhar para o gato. — Garanto que não é se fingir de boneco. Pode rir e chorar o quanto quiser.

— Então, é fácil — concordou ele sem reclamar.

A pintora colocou Kiki e Jiji sentados, posando lado a lado, e disse:

— A pose! Gato de bruxa tem de enrolar a cauda. E deixar o olhar mais frio. Isso, isso, prenda a respiração, assim, não se mexa.

Jiji eriçou os pelos, irritado.

— Amei! Um autêntico gato de bruxa. Perfeito! — quase gritou a moça, de tão contente.

Kiki posava, compenetrada, e sentia-se bem feliz. "Mais uma pessoa que gostou de mim."

Naquela noite, ela escreveu sua primeira carta para os pais.

Decidi morar numa cidade chamada Koriko. É uma cidade grande, perto do mar. Cheguei a pensar que fosse grande demais, mas é ideal para o trabalho que estou começando. Chama-se Bruxa Kiki Entregas. Levo coisas na vassoura voadora...

Kiki continuou a contar de sua viagem e dos acontecimentos recentes. Apenas deixou de escrever sobre os dias em que andou desanimada. Terminou a carta assim:

Em vez de ter o meu vestido encurtado, vou pedir à costureira uma almofada prateada para Jiji. Aguardem que enviarei um desenho de Jiji posando, sério. Estou indo bem e estou feliz, não se preocupem.

Querida mamãe, querido papai, cuidem da saúde. Até a próxima.

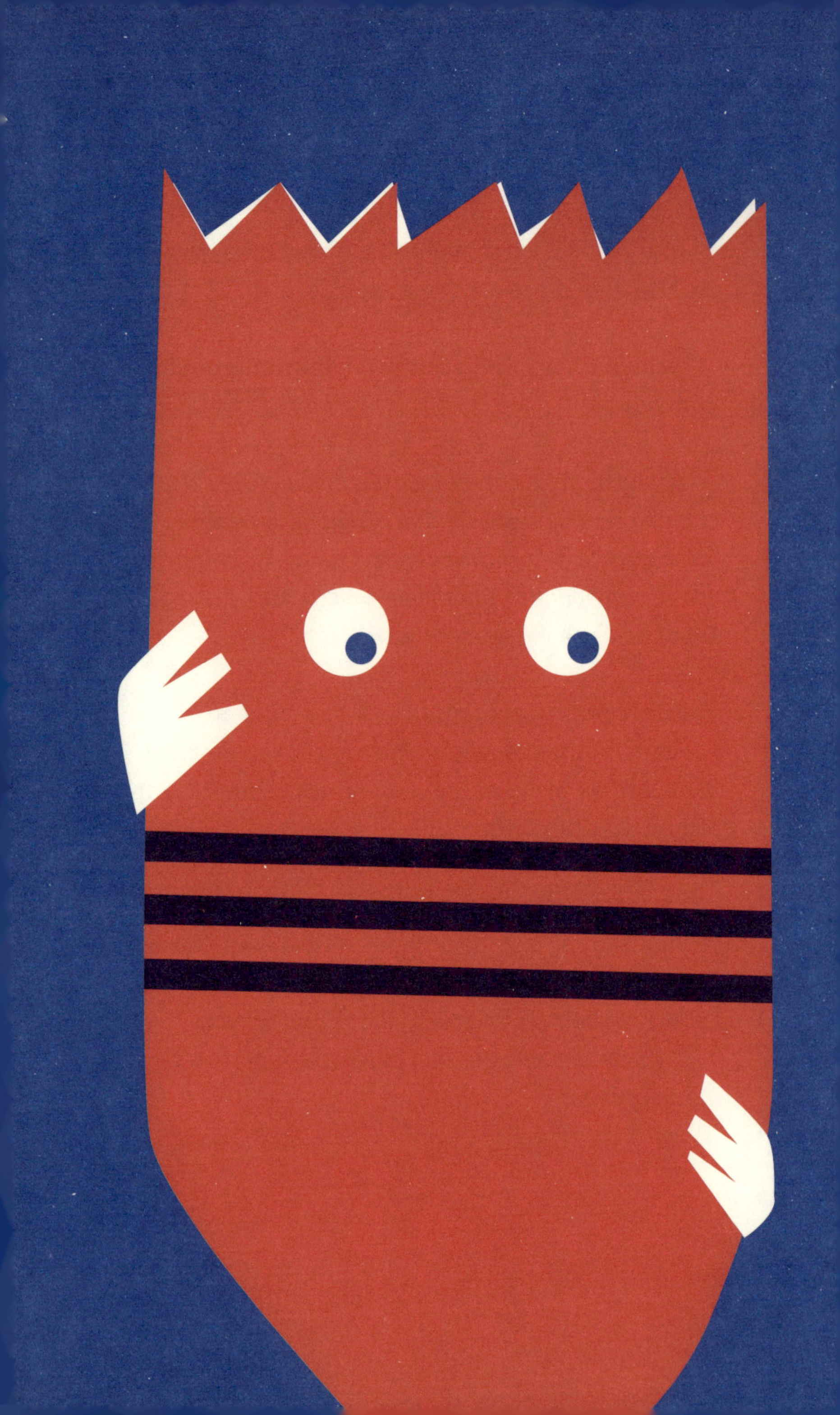

5

LADRÃO DE VASSOURA?

Kiki abriu a porta do seu pequeno escritório. A luz da manhã entrou sem cerimônia, quase ofuscando a vista. Era um dia sem nuvens.

Quando Kiki passou a morar em Koriko, a luminosidade chegava devagarinho, quase que de brincadeira. Não era tão diferente de sua cidadezinha, cercada por florestas. Mas agora, em pleno verão de Koriko, o sol jogava seus raios com a força de quem lança uma bola.

"Nossa, o verão numa cidade praiana é quente demais!", pensou Kiki, e soltou o primeiro botão do vestido perto do peito, para se refrescar ao vento. Olhou para longe, ficando na ponta dos pés. "Ooops, não adianta me esticar, é claro que não vou ver nada. É por causa da carta que recebi da mamãe..."

Do lado leste da antiga casa de Kiki, havia uma colina coberta de grama. E, se ela se esticasse na ponta dos pés, em seu antigo quarto, conseguia enxergar o topo. A carta de sua mãe, que tinha chegado dois dias atrás, falava dessa colina:

Ontem, depois que terminei umas visitas, voei para a colina gramada. Lembrei que você saía para entregar algo que eu pedia e, na volta, sempre passava por lá, demorava a chegar em casa. Os capins cresceram tanto, estão até os joelhos. Fiquei um tempo ali, sentada, olhando o céu. E imagine o que aconteceu? Caí no sono. É que os capins exalavam um cheiro tão gostoso, e o vento soprava suave. Despertei sem saber quanto tempo dormi e voltei apressada para casa. Seu pai me viu e começou a rir. Disse que eu estava parecida com você, a bochecha toda marcada por capins.

Acabei rindo junto.

Kiki apertou os olhos contra o sol ardente e lembrou-se das brincadeiras entre os capins na colina, das coisas simples nas ruelas da sua cidadezinha. E sentiu o peito se estufar de saudades.

— Bom, hora de trabalhar! — disse alto para voltar à realidade.

Kiki mudou de ares, pegou sua vassoura e começou a passar nela um tecido macio, para que não perdesse o viço. Mantinha esse ritual toda manhã, desde que começara o serviço de entregas. A vassoura era sua aliada.

— Olá, trabalhadora! Vai ter expediente? — Sua vizinha Osono chegou com a bebê no colo e perguntou olhando pela janela. — Creio que hoje nem adianta pensar em trabalho. A cidade está vazia. Tem um garoto dedicado limpando a rua do outro lado... Mas a maioria nem está em casa.

Kiki levantou o rosto e olhou para a rua. Sim, realmente, via-se apenas as silhuetas dos prédios contra a luz radiante.

— É domingo. E é pleno verão, foram todos para o mar.

— Para o mar? Fazer o quê?

— Nadar, é claro. Não quer ir? Tire folga hoje.

— Nesse calor?

— Ora, por isso mesmo. Você vai gostar. O calor é demais nesta cidade, ninguém aguenta se não for para a praia.

— Mas eu nunca nadei.

— Mais um motivo. Empresto o meu maiô preto, usei quando mocinha. Bruxa não pode usar outra cor, não é?

— E você não vai?

— Com a bebê? Nem pensar. Neste verão fico por aqui. Você vai gostar de ver o mar, chega lá rapidinho de vassoura.

— Vamos juntas, eu ajudo a cuidar dela. — Kiki tocou de leve na bochecha da pequena, que dormia sossegada nos braços de Osono.

— Eu fico bem em casa. Você, Kiki, desde que chegou aqui não relaxou nenhum dia. Recebeu tantas encomendas. Precisa passear um pouco, pode ficar só deitada na areia. Espere que vou buscar o maiô. Vá com o vestido por cima e tire na praia — disse Osono, entrando apressada para dentro da casa.

— Mar... — murmurou Kiki e voltou-se para o gatinho. — O que acha, Jiji? Vamos dar um pulo?

Ele tentava fugir do calor, enfiando-se debaixo da escada, onde chegava uma boa brisa. Ali, deitado, parecia uma massa preta derretida. E respondeu preguiçoso, fungando o nariz:

— Não acha cruel me chamar para sair? Uso roupa de pelos nesse calor, você sabe.

— E qual é o problema? Vamos voar em direção à brisa do mar. Mais gostoso do que ficar em casa de bobeira. De vez em quando a vassoura precisa voar para se divertir.

— De vez em quando...?

Jiji fungou e levantou-se relutante. Com a cauda espanou seu corpo, uma mania antes de sair de casa. Kiki sorriu para o gato e começou a fechar a janela do escritório.

Osono chegou com o maiô para Kiki experimentar. A bruxinha estranhou o tecido, que se esticava e se aderia tanto ao corpo. Acanhada, ela se encolheu um pouco.

— É deste jeito mesmo?

— Ficou bem em você. Puxa, eu era assim tão magra antigamente? Mas que bom que você é pequena, assim o maiô serve.

— Mas... é que nem estar sem roupa... não sei.

— Vai se sentir à vontade na praia. Todos estarão nesses trajes. — E Osono levantou um pouco a própria saia, mostrando as pernas. — Então, vá. Divirta-se.

Kiki colocou o vestido por cima do maiô, pegou a vassoura com o radinho preso ao cabo e saiu. Antes, lembrou-se de deixar um aviso na porta do escritório: "Hoje estamos de folga."

Kiki e Jiji voavam riscando um céu azul translúcido. Do rádio vinha uma música animada e a bruxinha balançava o corpo, acompanhando o ritmo.

— Que delícia! — Ela planava em amplas curvas, para a direita e para a esquerda, ao sabor do vento. — É tão bom voar. Não é à toa que Osono quer aprender.

Kiki olhou feliz para a cidade de Koriko, logo abaixo. A cidade se espalhava lembrando as asas de uma borboleta; o rio Grande, bem ao meio, dava a impressão de se mover ao ritmo da música.

— Ei, ouça o rádio. — Jiji bateu de leve nas costas da menina, por trás.

A música havia parado e anunciavam a previsão do tempo:

Repetimos o alerta especial: alta probabilidade de tormenta na região costeira de Koriko. Hoje, um vento popularmente conhecido como "monstro do mar" pode varrer a região. As rajadas ganharam tal nome pois aparecem com força e de uma hora para outra nesta época do ano. Pedimos o máximo de cuidado a quem pretende ir à praia.

— Ouviu? Vai mudar o tempo — disse Jiji.
— Imagine. Num dia lindo assim? — Kiki nem deu muita atenção. — Olhe! Ali está o mar! Veja quanta gente brincando, a previsão errou. Que mania de ser negativo justo quando as pessoas estão animadas, Jiji. Isso não é legal, você sabe.
— Humm, também não é legal ser levada pelo impulso — retrucou Jiji, virando a cara e eriçando os pelos.

Em seguida, Kiki baixou o cabo da vassoura e começou a descer. Pousou num cantinho da praia. Banho de mar para uma bruxa era novidade, ela nunca tinha ouvido sobre uma experiência assim. Achava melhor ser discreta.

Olhou meio de lado para a parte mais agitada. Todos estavam absorvidos em suas brincadeiras. Gente jogando bolas de areia molhada um no outro, gente coberta de areia até o pescoço, pessoas deitadas de bruços tomando sol nas costas, uns correndo na areia atrás das ondas, outros nadando com movimentos amplos dos braços. Quanta brincadeira! Aqui e ali, só risos e caras alegres.

O vento, um pouco mais forte, chacoalhou as abas dos guarda-sóis, que soaram ruidosos. E as ondas se levantaram alto, fazendo a animação dos surfistas.

— Vamos para onde tem mais gente?

Kiki tirou o vestido e os sapatos, carregou tudo nos braços e começou a caminhar. Ia um tanto receosa, com os ombros retraídos. Pela primeira vez pisava na areia. Não era nem meio-dia e o solo já estava quente demais. Era impossível caminhar devagar, e ela seguiu saltitando na ponta dos pés. Jiji a acompanhava aos pulinhos, tentando aproveitar a sombra de sua dona. E reclamava.

— Que bizarro. Viramos gergelim na frigideira quente. Queria que dona Kokiri visse isso.

Kiki, a custo, chegou onde estava a animação. Encontrou um espaço e, imitando os outros, tirou a camada mais aquecida da superfície para deitar-se de bruços. A areia oferecia um calor aconchegante, lembrando um ofurô. Ela via muitos pés passando perto do seu rosto. As pessoas, entretidas em brincadeiras, não prestavam muita atenção umas às outras, o que deixou Kiki mais à vontade.

A garota contemplou o mar, com o queixo apoiado nos braços. O mar era movimento sem pausa. Os banhistas na água pareciam saltar nas costas de uma enorme criatura.

— Será que eu posso também?

Kiki percebeu que sua mãe não lhe ensinara nada sobre o mar. Claro, a senhora Kokiri nunca deve ter visto o mar.

— Kiki, é melhor não arriscar. E se você derreter?

— Que ideia! Veja, todos estão se divertindo. Só as bruxas não podem entrar no mar? Não acredito, vou molhar ao menos os pés.

Kiki sentou-se na areia. E percebeu no horizonte um pequeno amontoado de nuvens escuras. Não estavam ali antes. No chão, ela viu pequeninos redemoinhos de vento passarem varrendo a areia.

— Será que a previsão do tempo estava certa?

O sol continuava a brilhar firme. A garota olhou de novo, com certa inveja, para as pessoas se divertindo na água.

— Com licença?

Kiki ouviu uma voz e virou-se. Quem falou foi uma mulher deitada de bruços bem ao seu lado, sorridente. Ela levantou o corpo devagar e apontou para a vassoura:

— Por que você trouxe isso? É alguma brincadeira? Por acaso vai servir de boia? — E deu uma risada discreta e divertida.

A ideia era inusitada, e Kiki riu junto. A mulher continuou a falar:

— Ouvi dizer que tem uma bruxa morando na cidade... Vejo que a moda já pegou, acho estiloso roupa preta. Eu, com filho pequeno, ando sem tempo para modismos. Sabe que agora mesmo vi um garoto andando com uma vassoura?

Kiki se apressou em esconder sua vassoura atrás de si.

— Olhe, ali está ele — disse a mulher, apontando adiante.

Realmente, um garoto carregava uma trouxa e uma vassoura. E ele olhava para a direção delas.

— Deve ser alguém da limpeza — comentou Kiki.

— Será? E você faz limpeza também? Achei que a vassoura era um acessório.

A mulher esticou o pescoço, olhou ao redor e gritou:

— Filho! Cuidado, não vá longe! Fique por aí. Isso, brinque no raso. Senão vem a onda brava e leva você embora!

Ela acenou para um menininho, que estava sentado numa boia laranja, em forma de prato. Ele olhava para a mãe, batendo os pés na água. A mulher olhou de novo para Kiki e suspirou.

— Criança é uma graça, mas dá trabalho. Ser mãe não é fácil. — E gritou de novo para o menino: — Aí não! Para o fundo não! Fique sentadinho onde está. Isso, bom menino. — E sorriu para Kiki.

— Bem que eu gostaria de ficar sossegada, ao menos na praia... E esse seu gatinho? Tão comportado, será que brincaria um pouco com meu filho? Para ele não ir longe... — A mulher acariciou as costas do gato, tentando fazer um agrado.

— Jiji, vá lá brincar.

A garota tocou de leve na barriga do gato, que se levantou preguiçoso.

— "Gatinho"?... Que jeito de se referir a mim, não gostei — resmungou Jiji, enquanto caminhava para a beira da água.

— Bom companheiro! — A mulher seguiu com os olhos os passos do gato até ele chegar próximo ao filho. Então voltou a relaxar, de bruços, cantarolando baixinho.

Kiki fez o mesmo, esticando-se de novo na areia. Ao fechar os olhos, ouvia com mais clareza a diversidade de sons ao redor. Gostou de sentir o cheiro do mar, levemente salgado, um odor suave de peixes e algas marinhas.

Um rugido ecoou forte. E veio uma rajada de vento, bem diferente da brisa de até então. Soaram gritos aqui e ali.

Kiki piscou várias vezes, espantou a poeira e olhou em volta. Viu um chapéu de palha voando, uma boia girando feito roda. Levantou-se de um salto. A praia, antes um lugar de brincadeiras, tinha mudado de paisagem. Era gente que corria segurando o filho debaixo dos braços, outros que foram se refugiar nos pinheirais do canto da praia, e várias pessoas tropeçavam tentando recuperar seus pertences.

— Fiiiilhoo!! — A mulher ao lado soltou um grito desesperado e disparou em direção à água.

Kiki viu o menino e o gatinho na boia laranja sendo puxados por uma onda enorme. A mãe entrou no mar para tentar segurá-los, mas o redemoinho de água envolveu a boia e carregou os dois para mais longe. Kiki corria, ouvindo choros desesperados.

— Segure firme! Estou indo! — gritou ela para Jiji, e depois tranquilizou a mulher, que se esforçava para não ser derrubada pelas ondas: — Deixe comigo, eu consigo voar!

Outra pessoa ao lado disse:

— Não é a garota que faz entregas? Dizem que voa mesmo.

— Depressa!

Kiki agarrou a vassoura na areia. Nisso, empalideceu. Não, não era a sua vassoura. Kiki segurava uma diferente daquela boa vassoura da mãe. Era uma imitação ordinária.

E agora? Justo num momento assim? Alguém teria trocado na hora da confusão? Ou teria sido quando ela estava de olhos fechados tomando sol? Kiki sentiu seu peito pulsar. O que fazer?

Não havia tempo a perder. Montou naquela vassoura mesmo e levantou voo. Veio um solavanco. O cabo apontou para baixo, molhando-se no mar.

— Ooooh! — As pessoas em volta soltaram um grito desapontado.

Rápida, Kiki levantou o cabo para cima, e desta vez foi a parte da palha que mergulhou inteira na água. A vassoura encharcada ganhou peso, como que meio zonza, e queria aterrissar na praia. A bruxinha fazia de tudo para retomar o controle. A vassoura girava, repuxava para baixo, desobediente, tal qual um cavalo rebelde. Enquanto isso, o menino e Jiji eram levados cada vez mais para longe.

Kiki voou reunindo toda a sua força. Entrou na água, saltou, girou várias vezes, até que chegou perto da boia. De bruços, em cima da vassoura, estendeu o braço. Mas o menino berrava em desespero e não segurava a mão dela. Por fim, Kiki conseguiu puxá-lo pelo calção e em seguida agarrou a cauda do gatinho. Uma onda enorme arrebatou a boia e, fazendo-a girar, levou-a para bem longe.

As pessoas na praia soltaram gritos de alívio e de alegria.

Kiki conseguiu aterrissar e entregou o menino para a mãe. Ainda abraçando Jiji, também assustado, vestiu rapidamente a sua roupa por cima do maiô úmido. Pegou o seu radinho e levantou voo outra vez, na mesma vassoura.

— Ei, descanse um pouco. O vento está forte! — gritaram as pessoas na praia.

Kiki não deu ouvidos. Precisava recuperar urgentemente sua preciosa vassoura. Aquele garoto, que ela vira antes, carregava uma. Era uma pista. Bem provável que ele tivesse ficado com vontade de ter a vassoura da bruxa e feito a troca. Kiki sentiu-se fervilhar de raiva. Não iria perdoá-lo, ainda que a vida do menininho estivesse a salvo, felizmente. E se tivesse falhado? Chegava a tremer de raiva e horror. Precisava encontrar o canalha e fazê-lo pedir mil perdões.

Voando na vassoura rebelde, que tremulava, Kiki olhava atenta para baixo. Aonde poderia ir alguém que tinha em mãos uma tão desejada vassoura de bruxa? Só poderia ser até um lugar alto, um penhasco, algo assim. Claro que tentaria um voo.

A garota seguiu, voando por cima de cada elevação entre a praia e a cidade de Koriko.

— Kiki, ali! — Jiji apontou a patinha indicando adiante. No lugar mais alto de uma colina, uma pessoa de roupa preta estava se preparando para iniciar um voo.

— Kiki, você precisa impedir!

— Psiu, quieto.

Ela manteve a vassoura parada no ar.

— Ele vai se machucar — avisou Jiji.

— Ele quer voar? Deixe-o. Vai ter uma lição. Onde já se viu levar um objeto sem pedir? É demais.

Kiki disse friamente, segurando forte a vassoura xucra, que insistia em mover-se.

— Ai, ele vai pular! — gritou Jiji.

A pessoa realmente saltou do alto. Mas caiu a seguir, de bunda no chão, e rolou colina abaixo como uma pedra.

Kiki voou rápido para alcançá-lo. Quando ela pousou próximo, o ladrão de vassoura tremia e tentava se recuperar do susto.

— Sinto muito! — disse ela, ríspida.

O garoto levantou o rosto espantado, o mesmo que Kiki vira na praia. Usava óculos, agora trincados, e estava cheio de escoriações. Teria a mesma idade de Kiki? Imitava-a na vestimenta. Ela não conseguiu segurar o riso.

— Satisfeito? Até roupa de bruxa você conseguiu?

O garoto levantou-se, o rosto contraído, e tirou rapidamente o vestido. Envergonhado, baixou os olhos.

— Vivi momentos terríveis por sua causa. — Ela bateu com o cabo da vassoura no chão e mostrou-se exageradamente brava.

Um garoto de vestido preto imitando uma bruxa. Era algo tão bizarro que ela queria mesmo era rir. Mas continuou firme.

— Preciso de um pedido de perdão. Mil vezes, pelo menos.

O menino, em silêncio, curvou a cabeça. Afastou-se um pouco mais e repetiu o gesto.

— Nem adianta dar desculpa esfarrapada. Você não é um ladrão de verdade, é?

— Claro que não! Foi para uma pesquisa — apressou-se ele em se defender.

— Pesquisa? — Kiki levantou a voz de novo.

— Por favor, não grite. Vou contar. Eu e mais uns amigos participamos de um clube de voo da cidade. São pessoas que querem encontrar formas de voar por conta. Atualmente, estamos divididos em três times. Disputamos quem avança mais na pesquisa.

Um time estuda sobre sapato voador, outro pesquisa sobre tapete voador e o outro sobre vassoura voadora de bruxa.

— E você é do time da vassoura... — Kiki olhou bem para a cara do garoto que, levemente encabulado, confirmou com a cabeça.

— Hoje eu fui perto do seu escritório, ouvi a conversa com a dona da padaria... E aí decidi ir para a praia.

— E quis voar com a minha vassoura. Isso é impossível. Não adianta ter uma vassoura. Eu consigo voar porque sou bruxa. Entenda, temos sangue diferente. — Kiki deu uma batida no peito.

— Quer dizer que é o sangue que voa?! — O garoto abriu bem os olhos e a encarou espantado.

— Ai, que conversa doida... — Kiki não conseguiu segurar o riso. Então parou e fez uma cara séria. — Pensando bem, o que será que voa? Eu mesma não sei. — Ela olhou intrigada para o céu e riu novamente. — Depende da vassoura, também. Já que você está fazendo uma pesquisa, poderia pensar numa vassoura confortável para as bruxas. Essa é tão ordinária.

— Não serve? Fui eu que fiz. Pensei ter conseguido uma bem parecida com a sua...

— Sinto muito. Não tem firmeza alguma para voar, nem conforto para se sentar. É que nem montar num cavalo bravo. Voar daquele jeito diante de tanta gente, que vexame. Devolva a minha, já! — Kiki olhou em torno, procurando. — Aahhh! — O grito foi de puro desespero.

A vassoura de sua mãe jazia no chão, partida bem ao meio.

— Minha nossa! E agora? — Kiki recolheu a vassoura e apertou-a junto ao peito.

— Desculpe. — O menino pendeu a cabeça.

— É da mamãe! Ela me deu quando saí de casa... era ótima para voar... — disse quase chorando.

— Desculpe — repetiu baixinho o garoto, e permaneceu cabisbaixo, com os ombros encolhidos.

— Não tem mais jeito. — A voz de Kiki saiu rouca e resignada.

O estrago estava feito, e ela segurava as lágrimas prestes a transbordarem.

— Vou construir outra. Fiz isso uma vez, vou dar conta. Não será a mesma... mas tenho de continuar a voar.

— Sobre voar suavemente, pesquisei bastante. Talvez tenha alguma coisa em que eu possa ajudar — disse o menino, hesitante.

— Agradeço a intenção. Mas isso é trabalho para uma bruxa — falou Kiki com certo orgulho, estufando o peito.

— Estou vendo que voar não é tão simples.

— Não, não é... Sinto muito que você não tenha a chance de voar. — Kiki, enfim, levantou o rosto e sorriu para o garoto.

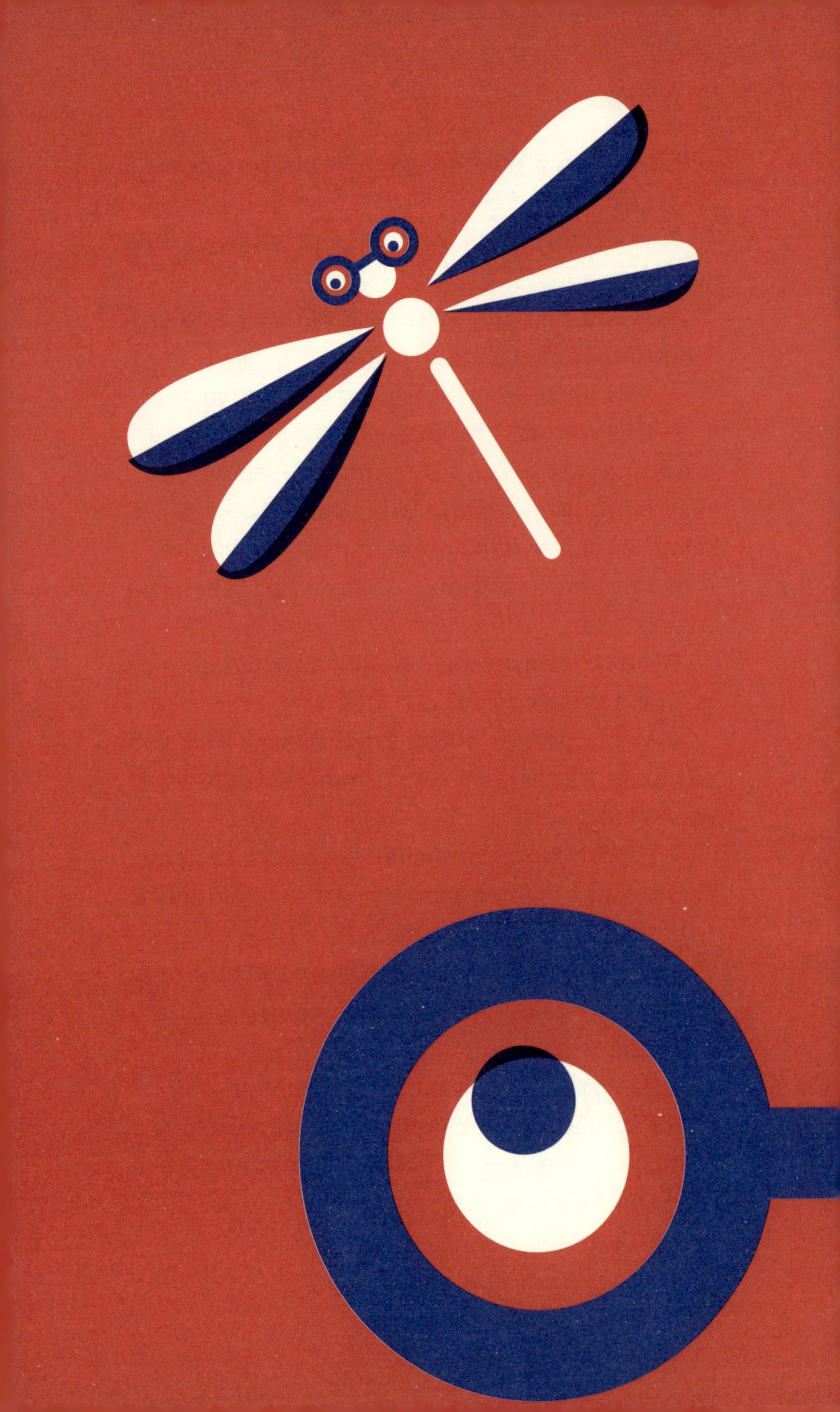

6

NO BALANÇO DAS EMOÇÕES

Após o terrível incidente na praia, logo na manhã seguinte Kiki buscou um galho da castanheira. E começou a fazer sua nova vassoura. Não desejava mais uma de cabo fino como aquela que fizera antes da viagem. Escolheu um galho robusto e flexível ao mesmo tempo, que pudesse atravessar um céu de tormenta que nem um peixe fluindo na água. Teve dúvidas sobre a parte da cauda e, por fim, decidiu usar as cerdas de palha da vassoura antiga, prendendo-as no cabo novo.

— Metade minha, metade da mamãe — disse para si mesma e encolheu os ombros.

Ela cogitou aproveitar a oportunidade para renovar tudo. Mas sentia que a vassoura da mãe guardava uma segurança emocional e não teve coragem de simplesmente descartá-la.

— É isso, meio a meio — repetiu Kiki.

O gatinho Jiji, que fingia dormir ao lado, levantou as pálpebras levemente e olhou a vassoura, soltando um suspiro de alívio.

Mas quem disse que a nova vassoura voava como era desejável? Talvez precisasse de mais tempo, talvez o galho não estivesse inteiramente seco. Ou era uma questão de se acostumar.

— Ainda assim, tenho de voar.

A cada tentativa de subir, a vassoura girava e fazia Kiki sentir vertigem. Porém ela continuou insistindo.

A parte traseira da vassoura, a que fora da mãe, era mais enérgica, e subia com a velocidade de um cavalo rebelde. Isso deixava Kiki em posições estranhas, como alguém que vai cair ao tropeçar ou mesmo prestes a plantar bananeira. Situação complicada.

Kiki persistia no voo, apesar da dificuldade. Mas o mundo é mesmo estranho... E os moradores de Koriko passaram a falar mais com ela.

— Ei, está tudo bem com você?

— O que houve? Pegou um resfriado?

— Será que você emagreceu e a vassoura estranhou?

— Se for cair, caia com jeito, não vá se machucar.

E o comentário mais inesperado:

— Sabe que prefiro assim? Quando você voava em linha reta que nem flecha, dava a impressão de ser uma bruxa má.

Kiki refletiu sobre o assunto.

— Agora que não consigo voar bem, as pessoas se aproximam mais, coisa estranha. Aposto que a mamãe não previu isso...

Passados uns dez dias do episódio da vassoura, o telefone do escritório tocou. Quando ela atendeu, a voz do outro lado da linha era a da moça pintora, para quem Kiki posou com Jiji.

— Olá, como vai? Tudo certo? Enfim terminei a pintura! Você e o gato, lembra? E tenho um pedido. Carregaria o quadro para o salão de exposição? Ouvi dizer que trabalha com algo assim. Como sabe, o quadro é um pouco grande. Pode dar um jeitinho?

— Claro... — Kiki começou e calou-se, respirando fundo.

Não seria nada fácil carregar um objeto grande em formato de uma prancha de madeira. E se ventasse? Justo quando sua nova vassoura não garantia tanta segurança... Kiki lembrou-se de uma vez que, pouco depois de se iniciar na arte do voo, ela tinha ido levar um guarda-chuva para seu pai, quando o objeto abriu com o vento em pleno voo, fazendo a vassoura girar que nem um cata-vento. Nunca esqueceu o medo enfrentado nesse dia.

— Posso contar com você? Já que é a modelo do quadro. — A moça do outro lado da linha estava confiante de uma resposta positiva.

— Vou pensar num jeito. — Kiki não conseguiu recusar.

— Ótimo! Pode vir buscar amanhã perto da hora do almoço? E, aí, aproveito para lhe mostrar o quadro. Aguardo! — A voz da pintora soou animada.

O dia amanheceu sem nenhuma nuvem, um céu de um azul profundo. Isso deixou Kiki receosa. Céu limpo e infinito, logo pela manhã, era sinal de vento forte lá no alto. E perto do meio-dia era grande a probabilidade de o vento soprar para baixo.

"Será que consigo carregar o quadro? Uma pintura valiosa..." Então Kiki se lembrou daquele garoto do clube de voo. Ele disse que pesquisou bastante sobre voar suave. Sem perder tempo, correu para a casa de Osono e tomou emprestada a lista telefônica. Achou o número do clube e ligou.

— Alô? Estou procurando um garoto... é do time que pesquisa vassoura voadora... um tipo alto e magro.

— Humm... aqui todos são do tipo alto e magro.

— Ai, e agora? Então, alguém com uma cicatriz na testa? Se é que ele ainda a tem...

— Aaah! Já sei. Sei quem é, ainda tem a cicatriz. O apelido dele é Tombo, significa "libélula" em japonês, porque ele usa uns óculos grandes e fica com cara de libélula. Um minuto, ele está por aqui.

Uma breve pausa e veio outra voz.

— Alô, Tombo falando.

— Alô, sou eu, aquela bruxa, nos encontramos outro dia. Meu nome é Kiki.

— Ah, como vai? Desculpe outra vez por aquele dia. Estou surpreso com seu telefonema, causei mais algum estrago?

— Não, nada a ver com isso. Hoje preciso de uma informação.

Kiki explicou sobre a pintura e se teria alguma forma adequada para carregá-la.

— Para isso, o melhor é adotar o estilo de voo "passeio de coleira" — respondeu Tombo de pronto.

— O que é isso?

— Deixe comigo, acho que consigo ajudar.

— Puxa, obrigada. Essa pintora mora no parque florestal ao norte, a casa é encoberta por plantas. Conhece? Estou indo para lá.

— Sei onde é. A casa é tipo uma caverna de urso.

— Isso, a gente se vê lá.

Kiki achou graça na comparação, desligou rindo e preparou-se para sair de casa.

Quando Kiki e Jiji aterrissaram num canto do parque, Tombo chegou correndo pelo outro lado. Carregava um enorme pacote. A pintora avistou Kiki e foi depressa pegar o quadro, trazendo-o para o lado de fora da casa.

— Nossa! — Kiki deixou escapar um grito, enquanto Jiji ronronou.

Na pintura, a bruxa de vestido preto e o gato pareciam emergir de um céu escuro. Era uma cor preta tão brilhante e encantadora, fazendo Kiki olhar para o próprio vestido.

— Os olhos estão diferentes — falou Tombo, quieto até então, num tom de crítica.

— Diferentes como? — A pintora se espantou e só então reparou no garoto.

— É que... os olhos da Kiki são mais redondos e graciosos.

— Será que errei? Quis dar um ar de mistério para representar uma bruxa... — A moça encarou o visitante como quem não estava entendendo.

— Ah, esse é um amigo — apressou-se Kiki em apresentá-lo. — Vai me ajudar com o transporte.

Tombo não disse nada, cerrou os lábios, olhou para o quadro e começou a trabalhar. Primeiro retirou balões coloridos de dentro do pacote.

— Balões? Vai fazer o quadro voar com isso? — A moça segurou sua obra, preocupada.

— Não, a pintura vai dar um passeio — falava Tombo de um jeito sério, como das outras vezes.

O garoto retirou do pacote uma pequena bomba de ar e começou a encher os balões. Amarrou cada balão com um barbante comprido, agrupando todos em buquê. Na parte de cima do quadro, parafusou uma argolinha, onde prendeu firme os fios. Os balões subiram, levantando o quadro. A pintura levitou acima do solo, sem subir tão alto nem descer, num gentil balanço.

— O segredo está na medida do gás e na quantidade dos balões. — Tombo mostrou-se levemente orgulhoso. — Kiki, você pode voar puxando essa linha mais grossa? É como passear com um cachorro. Se o vento soprar para outra direção, puxe de volta a corda, entende?

— Passeio de cachorro? — A pintora lançou um olhar apreensivo para Kiki.

E Kiki olhava admirada para Tombo. Que solução simples! Nem havia passado pela sua cabeça.

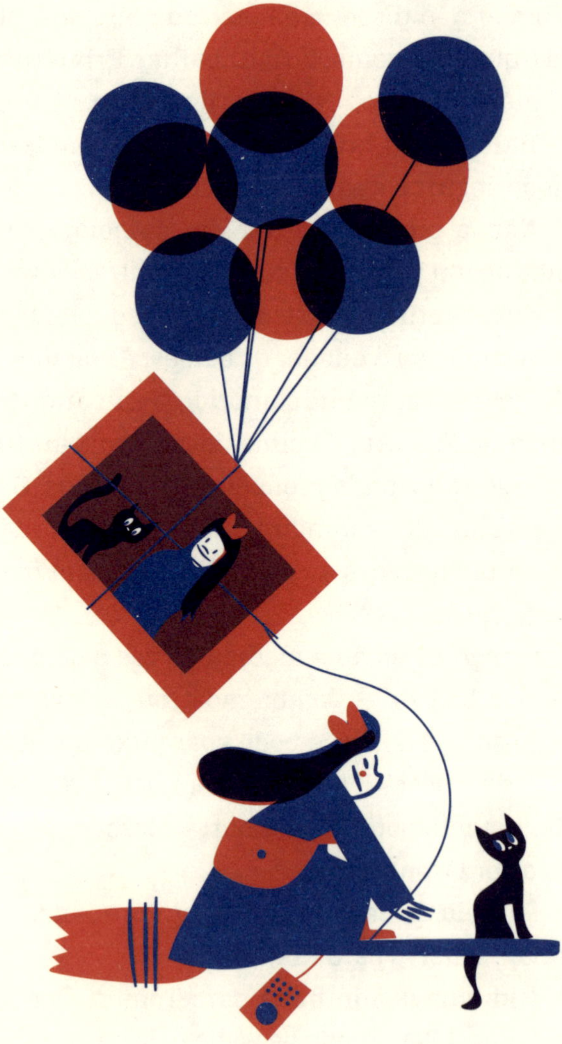

— Acho que vai dar certo. O quadro fica mais leve e, se chegar um vento, pode até se mover. Que genial!

Ao ouvir o elogio de Kiki, Tombo abriu um sorriso pela primeira vez.

Era mesmo uma ideia e tanto. Quando Kiki levantou voo, puxando a corda, o quadro a acompanhou. Mesmo balançando com o vento, seguiam em passeio, bem devagar. A pintura virou atração antes mesmo de chegar ao salão do museu. Pessoas que caminhavam na rua, espiavam pela janela ou tomavam sol na cobertura dos prédios, todas puderam apreciar a imagem. Comparavam com a Kiki real e comentavam:

— Incrível, são muito parecidas. Nem sabemos qual é a verdadeira.

— Uma pessoa de preto com um gato preto, é difícil pintar isso.

— A pintura está tão viva. Qual delas será a real?

Enfim, virou o assunto do momento na cidade.

No museu de arte, diante do quadro intitulado *O preto mais belo do mundo*, sempre tinha um amontoado de visitantes.

Nem é preciso dizer que a pintora estava radiante. Para agradecer, ela desenhou Kiki e Jiji na placa da entrada do escritório de entregas. Mas a bruxinha teve outra surpresa boa. Seu trabalho ficou conhecido por todo canto de Koriko. Era a tal da divulgação que Jiji sugeriu uma vez.

E os pedidos de entrega aumentaram muito. Flores para desejar feliz aniversário, lanche esquecido, pote de sopa para a avó que mora sozinha, estetoscópio que o médico deixou de levar na consulta. As pessoas começaram a solicitar o serviço de forma mais confiante. Vez ou outra, surgiam pedidos um tanto indesejados. Por exemplo, se Kiki poderia acompanhar alguém até a escola, carregando a maleta. Ou se ela entregaria um insulto. Claro que tudo isto ela recusava.

O verão quente terminou, e a paisagem pouco a pouco ganhava as cores do outono. A nova vassoura voava agora bem melhor, a vida parecia seguir sem tumulto.

Porém, nos últimos tempos, Kiki não andava tão tranquila. Sentia uma ansiedade inexplicável. "Ai, será que estou estressada? Passei por tanta coisa desde que cheguei aqui", pensava, dando uma explicação para si mesma. No entanto, desconfiava de que não era só isso.

Depois da entrega bem-sucedida da pintura, Tombo, o garoto do clube de voo, passou a visitá-la com frequência. E, numa dessas visitas, fez um comentário que a incomodou:

— Sabe que você é diferente das outras meninas? Talvez seja porque voa. Nem sinto que estou conversando com uma garota. Fico à vontade, falo de tudo.

Quando ouviu isso, Kiki acatou como um elogio. Com o passar do tempo, porém, a frase "nem sinto que estou conversando com uma garota" enroscou-se dentro dela.

"Da outra vez ele disse que meus olhos eram graciosos, agora diz que sou diferente das outras... O que isso quer dizer? As garotas da cidade grande são especiais? Em quê?", e suas emoções nublavam. Acabou esbravejando com Jiji:

— Cadê minhas pantufas? Tudo bem você brincar com elas, mas deve trazê-las de volta. Quantas vezes já falei? Várias pantufas sem par, uma de cada cor! — A voz era realmente de irritação.

O gato fingiu não ouvir e soltou um bocejo. Nisso, tocou o telefone. Kiki calçava somente uma pantufa e atravessou o quarto saltando numa perna para atender.

— É a senhorita Bruxa? Tudo bem? — Chegou uma voz calma.

— Ah, sim... — respondeu Kiki com certa dificuldade em mudar o humor.

— Queria fazer um pedido de entrega. Você leva de tudo?

— Bem...

— Na verdade, são biscoitos. Minha irmã mais velha chama-se Margarida. Eu sou Violeta. Nome de flor para uma senhora como eu... — riu com a própria fala desconexa.

Kiki não entendeu bem. Impaciente, tossiu de leve para reanimar a garganta.

— Deixemos minha irmã para depois. Eu moro na rua dos Salgueiros, conhece? Ao final da rua, número nove nove. Noventa e nove, entendeu?

— Entendi, saindo agora — respondeu Kiki, apressada, e cortou a ligação. Lançou energicamente a pantufa enroscada num dos pés, fazendo-a aterrissar no outro canto do escritório.

Rua dos Salgueiros, número noventa e nove. Foi bem fácil encontrar a casa. Puxou um fio que pendia do canto da porta e ouviu um som alegre tilintar do lado de dentro.

— Olá, venha para cá! — respondeu uma voz vinda de trás da casa.

Kiki seguiu por uma passagem estreita que ladeava a casa e chegou a uma outra portinha de madeira, aberta para o quintal. Ali, uma senhora lavava roupas. Ela tinha as mangas arregaçadas até o cotovelo e esfregava as peças com vigor. Usava quatro bacias. Uma só com roupas brancas, outra só com pretas, outra com as azuis e mais uma, com as vermelhas.

As bolhas de sabão ganhavam brilho ao sol e se moviam feito criaturas vivas. Bolhas brancas nas peças brancas, bolhas pretas nas peças pretas, assim como bolhas azuis e vermelhas refletiam as cores das roupas.

— Dona Violeta? — perguntou Kiki ao entrar.

A senhora fez sinal que sim com a cabeça, sem parar de lavar. Seus cabelos, cortados na altura da nuca, eram mesclados de fios brancos. Da testa brotavam gotas de suor pelo esforço.

— Eu sou a bruxa das entregas.

A senhora limpou rapidamente as mãos no avental e olhou para a garota.

— Não é da casa das bruxas?

— Bem... trabalho com entregas.

— Ah, quando ouvi "bruxa"... pensei que era algo do tipo atende-se de tudo. Bem, se fosse assim, eu é que ficaria sem o que fazer. Bom que seja só entregas. Sabe que o meu negócio também é um pouco diferente? — disse com certo orgulho. — Tipo serviço quebra-galho. Parece com o que você faz? Ou não? — E dona Violeta riu, achando graça das próprias palavras. — Seu trabalho vai me ajudar.

Ela mergulhou de novo as mãos na bacia e continuou a lavar enquanto falava.

— Minha irmã é bem teimosa. Se falo que vou levar algo hoje, quer para hoje, não sossega até eu chegar. Espere um pouco, vou terminar aqui!

Passou sabão na camisa branca, soltou uma voz animada e *plaf-plaf-plaf*, esfregou com vigor.

— Não consigo atender a toda hora, queria era morar com minha irmã. Mas ela prefere morar sozinha, sente-se mais livre. — *Chap-chap-chap, plaf-plaf-plaf!* — E ela não sabe nem assar biscoitos. Uma vez por semana vou visitá-la, levo alguma coisinha. Somos eu e ela, duas irmãs. — *Chap-chap-chap, plaf-plaf-plaf!* — Que sujeira teimosa! — *Plaf-plaf-plaf!* — Hoje eu não consigo sair, veja quanto trabalho... — E, sem parar de lavar, ela olhou para Kiki. — Desculpe, faço você esperar... É que tivemos um tempo chuvoso até ontem, nunca deixei acumular tanto assim. As freguesas estão cobrando. Preciso terminar...

Plaf-plaf-plaf.

— Vai lavar o monte todo? — espantou-se Kiki.
— Sim, claro. Por que o espanto?
— Tudo à mão?
— Sim. Não tenho máquina de lavar. Sou uma faz-tudo, farei tudo com as mãos. — Enquanto falava, as mãos da lavadeira se agitavam como máquina.

Kiki estava admirada com tamanha rapidez e precisão de dona Violeta. Ela esticava a roupa numa tábua, esfregava sabão, amassava, amassava mais e, com ambas as mãos, abria amplamente a peça para ver se restava alguma mancha.

— Tra-la-lá... — *Plaf-plaf-plaf!* — Tra-la-lá... — cantarolava a senhora, embalando seu próprio movimento. E as espumas de sabão flutuavam no ar.

Roupas brancas, pretas, azuis e vermelhas nas respectivas bacias. Dona Violeta puxou uma mangueira e começou a enxaguar com a mesma agilidade. Kiki contemplava encantada, esquecendo que viera a trabalho. Viu um enorme balaio se encher de roupas lavadas e torcidas. No fundo do balaio, as brancas; em seguida, vinham as pretas, as azuis e as vermelhas. A senhora levantou-se e colocou as mãos na cintura. Olhou para o céu e respirou fundo.

— Agora, o varal.

Dito isso, ela buscou um rolo de fio grosso, segurou a ponta e ficou pensativa. Voltou-se para Kiki a seu lado, em pé, segurando Jiji e a vassoura.

— Me faz um favor? Pode pegar essa ponta? Vou pendurar as roupas, preciso de um fio bem comprido...

Dona Violeta nem esperou pela resposta e colocou a ponta do fio nas mãos da bruxinha. Retirou da montanha de roupas uma fita vermelha e pendurou-a.

— Peças pequenas primeiro — disse, quase cantarolando.

E, em seguida, meia de bebê, saia de criança, blusa de mocinha... A cada peça, Kiki se afastava e ia soltando o fio. O fio pesava cada vez mais, curvando-se para baixo.

— Vai arrastar no chão! — gritou Kiki.

— Oh! Pode erguer mais? — E dona Violeta ainda colocou uma toalha de mesa vermelha de crochê, enorme.

— Não, não dá. Vai arrastar. — Kiki levantava a mão que segurava o fio para cima da cabeça e dava pulos.

— Mais alto, por favor. Pode voar na sua vassoura? — A senhora olhou para cima.

— Por que não pensei antes? — A bruxinha saltou na vassoura e subiu até a altura da beira do telhado.

Dona Violeta se curvou de novo por cima do balaio. Era a vez das peças azuis.

— Pequenas primeiro.

Lencinho da mamãe, boné de bebê, calção do papai, maiô de criança, camisa do papai, cortina da janela, lençol azul, lado a lado, e a senhora seguiu para as peças pretas.

As roupas lavadas começavam a querer arrastar-se no chão outra vez e Kiki subiu além do telhado. A mulher enxugava o suor da testa e continuava. Meia do papai, calça de menino, saia da mamãe, vestido da vovó, lado a lado, e a senhora seguiu para as brancas. Luvinha de bebê, babador, shorts e vestido, uma por uma, mais e mais, pantufas da mamãe, cueca do papai e ainda mais cinco lençóis brancos.

— Ufa, acabou. — Dona Violeta soltou uma voz de alívio e amarrou a ponta do fio num cercado ao lado.

— E o que faço com isto? — gritou Kiki, agora bem além do telhado, balançando a outra ponta do fio.

— Ai, minha nossa! O que faremos? — A senhora se espantou ao olhar para o alto e levantou os dois braços.

— Desculpe, pode procurar algum lugar para amarrar o fio?

— Onde? — gritou Kiki de novo.

Ora, claro que no céu não havia lugar nenhum para prender um fio. Só mesmo a Kiki para segurar. Se soltasse, todo o trabalho de roupas lavadas seria perdido. A garota encolheu de leve os ombros, puxou o fio com toda sua força e amarrou-o na própria cintura.

— Uau, que demais! Estamos com uma cauda bem comprida! — exclamou Jiji, que, da parte traseira da vassoura, esticava-se para olhar as roupas tremulando como bandeirolas.

Lá de baixo, dona Violeta batia palmas, saltitava e gritava:

— Que maravilha! Igual bandeirinhas em dia de festa! Depressa, depressa, voe, voe, voe maaaais!

Pessoas que passavam na rua olharam espantadas para o alto.

— Pipas! Eeeeei, é uma carreira de pipas!

Várias crianças chegaram.

— Que situação! — Kiki fez bico, mas seus lábios começaram aos poucos a se curvar em um sorriso, como quando se divertia numa brincadeira. — Será que consigo apressar a secagem das roupas?

O jeito era voar. Kiki dava amplas voltas, bem devagar, circulando no céu alto acima do quintal. O vento passava por ela, levando embora as emoções turvas que a acompanharam por aqueles dias.

— Tra-la-lá...! — cantarolou Kiki, como dona Violeta. E, tocadas pelo vento, as roupas penduradas viraram uma banda: *Pa-ta-tã, pa-ta-tã, pa-ta-tã, pa-ta-tã!*

O ar de outono e o calor do sol ajudaram a secar rapidamente as roupas, que nadavam no céu límpido. E o *pa-ta-tã, pa-ta-tã* mudava para um som mais leve, *pa-pa-pá*.

— Obrigaaada!!

Lá de baixo, dona Violeta deu rápidos repuxos no fio. E começou a recolher as roupas, uma por uma. No mesmo compasso, Kiki foi descendo. As roupas limpas e secas encheram o balaio, formando uma montanha macia e colorida. Enfim, Kiki pôde colocar os pés no chão.

— Secaram tão bem. Que demais a sua ajuda.

— Quebra-galho. Quebrei um galho virando varal — riu a garota.

A senhora encolheu os ombros e fez uma cara marota.

— É isso mesmo. Uma quebra-galho para quem quebra galho. Feliz se quebro galho, triste se não quebro galho — falou, quase cantarolando, e levou o balaio com as roupas para dentro de casa.

Kiki a acompanhou e viu vários objetos pitorescos.

A porta de entrada para a casa era dividida entre a parte de cima e a de baixo. Ao abrir a parte de cima, mostrava-se o rosto; abrindo a de baixo, mostravam-se os pés.

— Minha porta se partiu, então quebrei um galho com duas meias-portas.

Um fio vinha do portão da frente e, na ponta, a senhora havia amarrado um punhado de colheres, pregos e cascas de nozes.

— Campainha quebra-galho. Reparou no barulhinho gostoso que fez quando você puxou o cordão, logo na chegada?

E um pé de bota preta abrigava capins-dos-pampas plantados, servindo de vaso.

— Vaso quebra-galho. Não é lindo? — riu dona Violeta, fazendo surgir minúsculas rugas ao lado dos olhos. — Nossa, eu aqui num papo gostoso... esqueci que preciso entregar os biscoitos para minha irmã.

Enfim, dona Violeta retomou o assunto pelo qual havia chamado Kiki. Fez um bico com os lábios, meio sem graça, e foi apressada para a cozinha. Voltou com dois pacotes.

— Minha irmã mora na rua das Faias, é a casa de telhado pontudo. Um pacote para ela, outro para você. Este é o biscoito "cacos de estrela". Acabei me atrapalhando na hora de assar e eles se despedaçaram. Daí inventei um nome quebra-galho.

Kiki adorou.

Quando a bruxinha chegou à casa de telhado pontudo, dona Margarida fez cara de zangada.

— Ué, e minha irmã? Manda outra pessoa fazer entrega? Que extravagância, preciso reclamar! — Apesar da fala, ao espiar dentro do pacote de biscoitos, seus olhos sorriram contentes.

E, naquela noite, do escritório de Kiki, ouviu-se uma cantiga.

Isso é um quebra-galho
do escritório quebra-galho,
feliz se quebrar o galho,
infeliz se não quebrar.

Kiki e Jiji cantavam segurando nas mãos uma pantufa sem par. Só não sabiam como quebrar o galho para ter o outro pé.

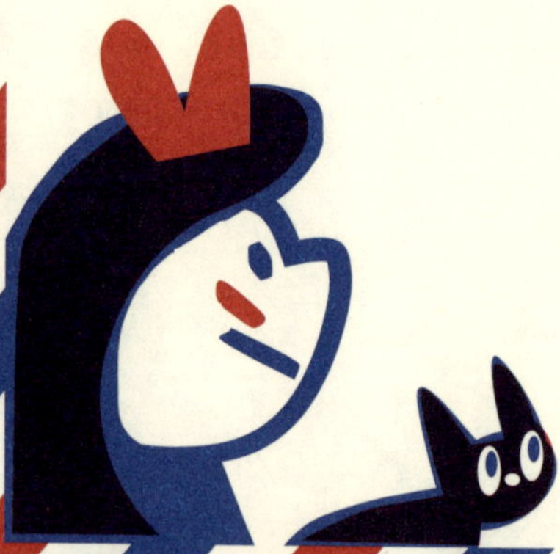

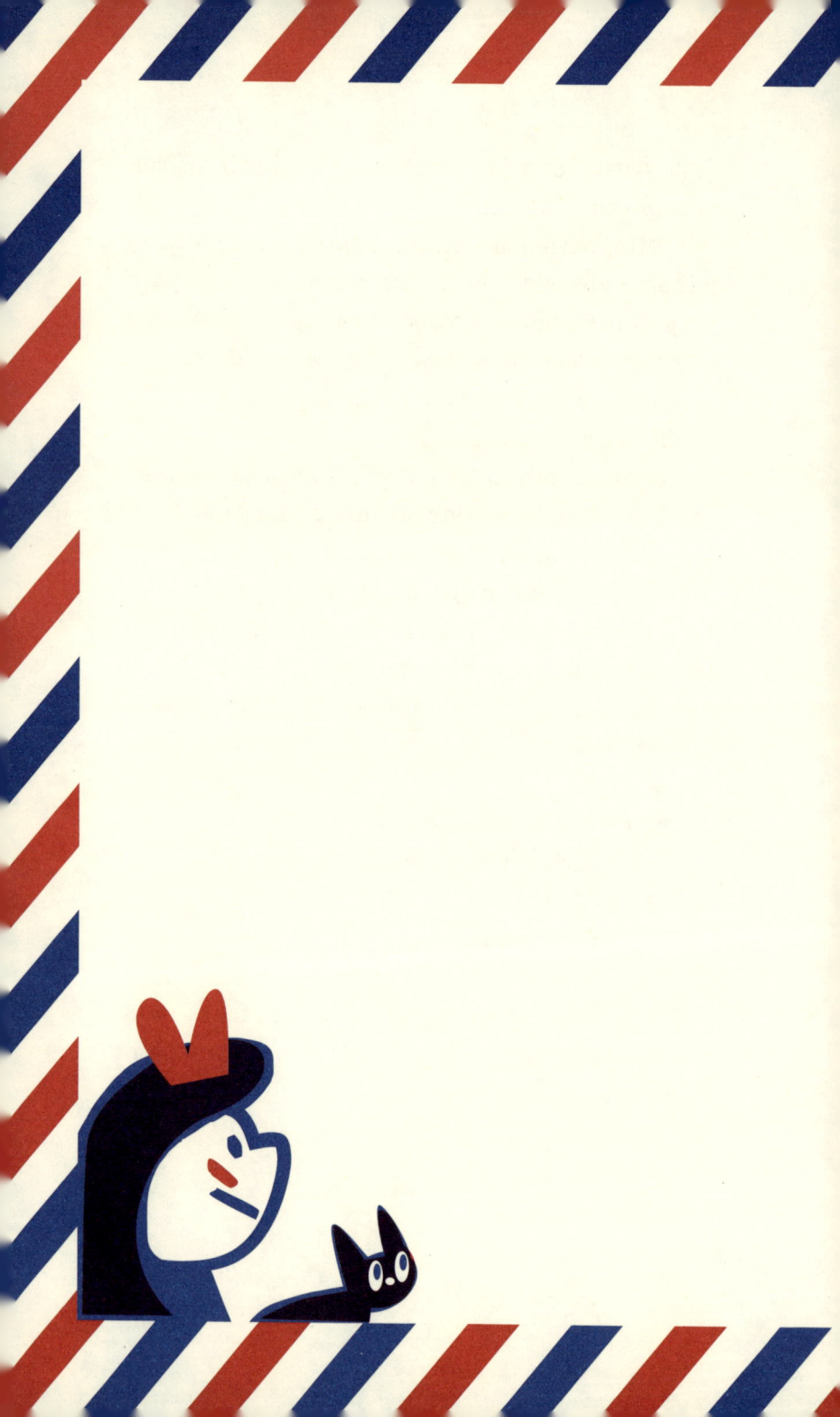

7

KIKI ESPIA UM SEGREDO

Toc-toc-toc! Alguém bateu à porta do escritório. Kiki estava no segundo andar. Desceu correndo e viu uma garota parada na entrada. Tinha um rosto suave e cabelos castanhos encaracolados; o suéter rosa-claro lhe caía bem. Também chamou atenção a bota de cano longo, branca, brilhando sob a luz. Para Kiki, a garota lhe pareceu envolta numa aura.

— Ah, olá... pos-posso ajudar? — disse, um tanto nervosa, e as palavras saíram atropeladas.

Era a primeira vez que recebia uma cliente de idade próxima à dela. A outra respirou fundo ao ver Kiki e baixou os olhos antes de começar a falar.

— É que... bem, eu...

— Alguma entrega? — Kiki tentou retomar seu lado profissional.

— Ouvi dizer que você pode entregar qualquer coisa. É você quem leva?

— Sim, entrego em mãos. Pode ficar tranquila.

— Entendi.

A jovem cliente fez um leve movimento positivo com o queixo, seus olhos escuros brilharam, as pálpebras abriram-se e fecharam-se devagar. Até aparentava ser um gesto pouco natural, para impressionar Kiki.

— Na verdade, quero que leve... um segredo.

— Um segredo? — Kiki juntou as sobrancelhas, estranhando a palavra.

— Não me entenda mal, não é nada proibido.

A garota olhou firme para Kiki e apoiou uma das mãos na parede. Perto da gola do seu suéter, brilhou um pequenino broche prateado.

— Quero que leve um presente. Para meu amigo Aiki, hoje é seu aniversário. Ele faz catorze anos. Não é legal? — falava orgulhosa, como se tivesse alguma participação naquela data.

"Legal? Mas o quê...?", Kiki sentia-se irritada enquanto ouvia.

— Preciso lhe pedir um favor — continuou a garota. — Não comente que é um presente meu.

— Sério? Por que não? — perguntou Kiki, numa voz nada simpática.

— Por quê? Bem... é que nos conhecemos desde pequenos. Ele ainda me vê como uma garotinha. E eu já tenho treze anos...

— Por isso o segredo? Não entendo.

A garota olhou para Kiki e sorriu.

— Não entende? Um sentimento assim?

Kiki ficou ainda mais irritada.

— Por acaso é algum presente do tipo pegadinha? Salta um sapinho da caixa, alguma coisa do tipo? Se for, eu me recuso a levar.

— Não! Você vem com cada uma... — riu baixinho a outra, tomando ares de adulta. — Me contaram que você é uma bruxa, mas vejo que não entende nada. Acha que garotas da nossa idade fazem esse tipo de brincadeira?

— Não é isso... — E Kiki lançou um olhar para a visita, sem conseguir esconder certa raiva.

A outra manteve o rosto sereno. Ajeitou os cabelos longos para trás e, em seguida, a mão buscou algo no bolso da saia.

— Usei toda a mesada que poupei para comprar um par de canetas-tinteiro. Veja, uma para mim e outra para Aiki.

Ela retirou uma caneta prateada. E levantou a gola da blusa para mostrar a outra, escondida por dentro do suéter. Aquilo que Kiki imaginou ser um broche era o clipe da caneta.

— Ter um objeto em par significa que estamos ligados de alguma forma. Está na moda. — E ergueu de leve os ombros, num gesto confiante.

Kiki ia comentar "que interessante". Afinal era uma cliente, poderia dizer que entendeu, que levaria o objeto. Mas, ao abrir a boca, saíram outras palavras:

— E como isso significa um par? Ele não vai saber nem que foi você quem enviou...

— Eu sabendo, já basta.

A garota nem ligou para as palavras espinhosas que Kiki soltou. Seus olhos sonhadores pareciam olhar para algum ponto distante.

— Um presente bonito... Por que não leva você mesma? Não tem nada de mais — insistiu Kiki.

— Não consigo, fico tímida. — A garota, mais uma vez, fechou e abriu as pestanas vagarosamente. Ela tinha um ar de quem se deliciava com essa timidez.

Para Kiki, a outra garota lhe pareceu bem mais adulta, e esse pensamento a atingiu como um choque no peito.

— Tímida? Não entendo, por quê? — comentou.

— Não? Nunca se sentiu desse jeito? — falou a outra, como que penalizada.

Kiki ainda não queria estar em desvantagem e retrucou:

— Está preocupada com o que seu amigo Aiki vai achar? Pode acontecer de ele não gostar... Claro que compreendo.

— Não, isso não me preocupa. O que não quero é revelar assim de pronto... Quero manter certo segredo — riu ela, meio envergonhada.

Kiki observou a garota outra vez. Na aparência dócil, vestida de rosa suave, ela parecia guardar um turbilhão de sentimentos complexos. E isso desconcertou Kiki. Outras garotas também seriam assim? Lembrou-se por um instante das palavras de seu amigo Tombo e pensou: "Talvez eu não pareça uma garota..."

A jovem visitante ainda continuou:

— Você não sabe como são os garotos? Quando não revelamos tudo, ficam mais curiosos. Por isso, quero que Aiki tente descobrir.

— Descobrir quem enviou o presente?

— Isso.

— E se ele não tentar?

— Isso não vai acontecer. De jeito nenhum. — Ela se mostrava confiante.

— Então, tudo bem. É para entregar a caneta, certo? — Kiki queria encerrar logo a conversa, que parecia não ter fim.

— Por favor. E mais uma coisa... — Ela pôs a mão no bolso e retirou um envelope amarelo. — Pode entregar isso junto?

— Uma carta?

— Sim, tem um poema.

— Poema, igual numa canção?

— Sim, fui eu que escrevi. Um poema junto com o presente fica bem legal. Sabia disso?

Kiki não queria voltar nessa conversa e se apressou em perguntar:

— E o endereço?

— Do outro lado do rio, rua das Magnólias, número trinta e oito. Ao lado leste do zoológico. Ele sempre joga tênis de tarde sozinho num campo ali perto.

— E seu nome?

— Meu nome é segredo. Moro na rua dos Pinheiros, vizinha da rua das Magnólias.

— Se mora logo ao lado, bem que você poderia entregar.

— Mas...

— Já sei, já sei. — Kiki fez um gesto com as mãos, arrependida em insistir.

— Mais um pedido: se me vir na rua, finja que não me conhece. E sobre o pagamento?

A bruxinha hesitou um pouco e respondeu:

— Se puder, gostaria de saber o que vai acontecer. Pode me contar depois? — Ela achava que seria engraçado se nada acontecesse.

— Se Aiki vai me procurar ou não? Você é curiosa. Tudo bem, eu conto. — A garota parecia repleta de confiança.

— Nesse caso, não preciso receber nada.

— Mesmo?

— É que... — Kiki tentou explicar e a outra se adiantou.

— Quer pesquisar um pouco sobre garotos? Entendo, claro. — E mostrou ares de irmã mais velha.

Kiki não respondeu, moveu o nariz e resmungou baixinho para não ser ouvida. Assim que a garota se despediu, Kiki postou-se em frente ao espelho. Penteou o cabelo, mexeu no decote, virou para se olhar de costas e confabulou consigo mesma:

— E se esse garoto, Aiki, achar que sou eu quem está dando o presente? O que faço?

A seu lado, Jiji rolou no chão descrente.

— Garotas são tão ingênuas. Não consigo acompanhar. — E abriu um enorme bocejo.

— Então, você não vem?

Kiki guardou a caneta e o envelope e deu um toque de leve em Jiji, que se pôs de pé lentamente.

Os dois levantaram voo da frente do escritório. Sentiram nas faces o baque do vento, que estava bem frio naqueles dias. A paisagem da cidade era completamente de outono. Os álamos[1], abundantes na cidade, exibiam suas folhas de um amarelo intenso. Vez ou outra, uma folha desgarrava da árvore, subia alto e se agarrava na garota, como a brincar.

— Kiki, o que deu em você? Está tão lenta — falou alto Jiji, de trás. — E girando no mesmo lugar...

— É? Nem reparei. — Kiki olhou para baixo.

Na verdade, seu pensamento estava na carta guardada no bolso. E, sobretudo, no poema que havia dentro do envelope. Kiki lembrou que escreveu um poema quando pequena.

"Tac-tac", riu o sapato
"Péu-péu", sorriu o chapéu
"Ha-ha", achei graça também.

Nada além desses versos. Nunca mais ela teve ligação com poemas. Claro, sabia que o conteúdo do envelope não seria algo tão infantil quanto o dela. Mas o que estaria escrito num poema para um menino? Aquela garota era linda, ares de mocinha, só podia

---

1 *No original em japonês, a árvore é o icho (Ginkgo biloba). Substituído aqui por álamo pela sonoridade e pelas folhas que igualmente se amarelam no outono.* [N.T.]

ser um poema especial. A imaginação de Kiki ia cada vez mais longe, e ela sentia o peito pulsar. Quanto mais pensava que era proibido espiar, mais o envelope saltava do bolso e crescia, como se se expandisse diante de seus olhos.

— Jiji, quero descansar um pouco... Vou descer ali na beira do rio.

— Ué, acabamos de partir.

— Para ver a cor do outono.

Kiki deu uma resposta pouco convincente, fez uma grande curva elíptica, lembrando um falcão, e iniciou a descida. Logo pousou num parque ao longo do rio Grande. Ninguém por perto, apenas o balanço se mexia de leve, animado pelo vento. Mais adiante, deslizava o rio, levantando vez ou outra ondas de espumas brancas. O pé de álamo fazia chover folhas amarelas.

— Jiji, pode ir brincar um pouco.

Kiki encostou a vassoura no tronco de uma árvore e sentou-se no tapete de folhas.

— Vou ficar por aqui. Está frio, você termina logo de ver o "outono"?

— Ai, que impaciência, Jiji — riu sem jeito a garota, e insistiu no passeio. — Dê uma voltinha. Vá lá ver o que tem na margem do rio, os capins-rabo-de-gato, você vai sentir-se entre amigos.

— Está me mandando embora?

Jiji olhou-a de lado.

— Sim... tenho de ficar sozinha — falou Kiki num tom jocoso, levantando a franja que lhe caía na fronte.

— Vai espiar um segredo?

— Talvez. Sei que não devo... — Kiki encolheu os ombros.

— Se não vai quebrar, nem perder, nem sujar, tudo bem. Uma espiadinha só. Vá, olhe logo.

— Do que você está falando?

Jiji fez uma cara feia e espiou os olhos de Kiki.

— Jiji, não fique bravo. Eu preciso ver o poema que ela escreveu. Não é correto, mas preciso. Não deixa de ser um aprendizado para uma bruxa ser independente. Concorda? — A garota conferiu a carinha do gato.

— "Não deixa de ser um aprendizado"... Não complique. Vá, olhe logo a carta da garota de botas cheia de pose. — Jiji foi simples e direto. — Também quero aprender, leia direitinho.

— Jiji, você vem com cada uma...

Kiki retirou o envelope do bolso. Na frente do envelope amarelo tinha um buquê de flores estampado em alto relevo.

— Tomara que abra fácil...

Ao segurar o canto e deslizar o dedo devagar para a lateral, a cola se soltou. Dentro tinha um outro papel, da mesma cor, dobrado ao meio. O poema estava escrito numa letra redonda e graciosa. Kiki começou a ler baixinho.

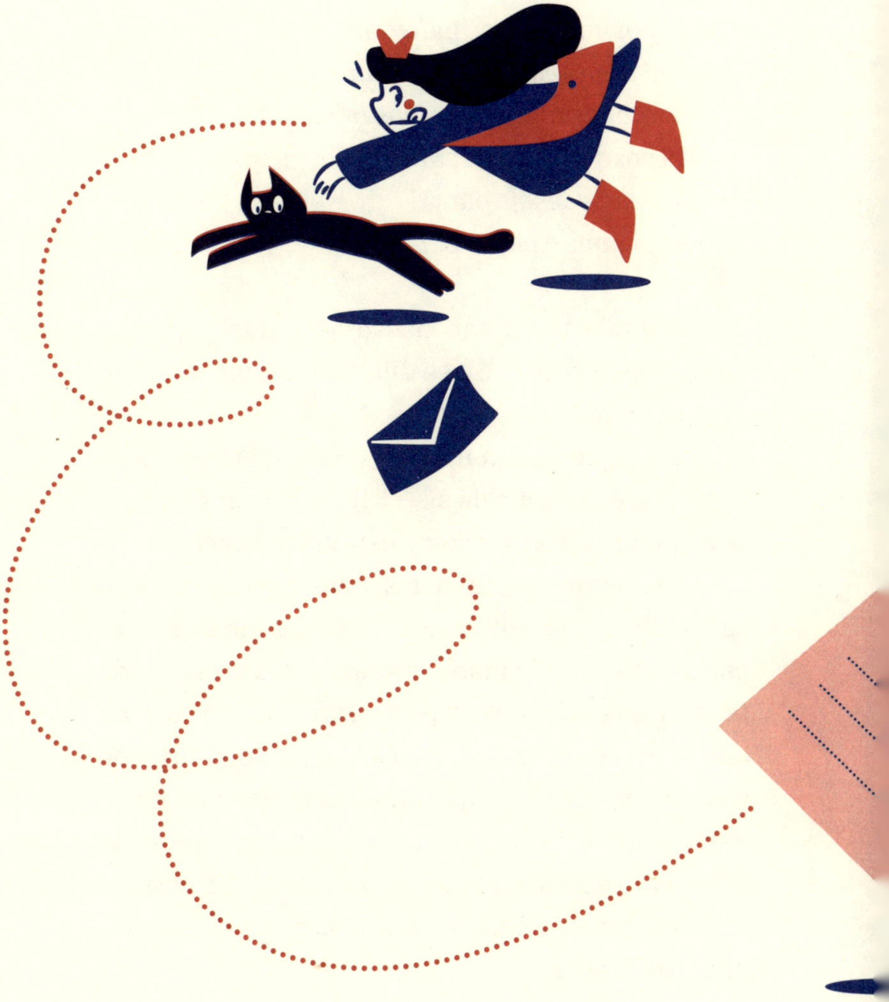

Parabéns, feliz aniversário
quero te desejar em voz alta
mas por que o passo para trás?
parabéns, feliz aniversário
quero dizer olhando em teus olhos
mas por que o passo para trás?
quero te entregar um presente
das minhas mãos para tuas mãos
mas por que o passo para trás?
tanta sorte desejo para ti
mas por que o passo para trás?

— Ela fala tanto em "passo para trás"... parece um gato medroso — disse Jiji, dando uma nova espiada na carta.

— Será que foi ela mesma quem escreveu? Não combina, é tão dona de si. — Kiki ficou pensativa. — Bom, preciso guardar como estava e entregar.

Com o envelope numa das mãos, ela ia recolher a carta do colo. Mas um vento levantou-lhe a saia, e o papel escapou das mãos, voando pelos ares. Tão de repente que não deu tempo de agarrá-lo. Kiki correu em disparada. Quando ia alcançar, o papel fugia de novo e voava em companhia das folhas de álamo. Parecia querer zombar da garota. Ela estendia as mãos para a frente, cambaleava e voltava a correr.

— A vassoura! Kiki, suba na vassoura! — sugeriu Jiji, apreensivo.

Ela tentou retornar para pegar a vassoura, mas tropeçou numa touceira de grama e foi ao chão.

— Caiiiiu! — O grito veio de Jiji.

Tentando se levantar, Kiki viu de relance um papel amarelo cair no rio e seguir pela correnteza.

— Aaah! Aaai! — Por mais que gritasse, seus pés não reagiam. Quando ela enfim conseguiu correr, o rio já carregara para longe o poema. Nem sombra mais.

— E agora? — Kiki ficou ali parada.

— Desta vez não foi culpa minha — disse Jiji atrás dela.

— Não foi legal o que eu fiz. Imagine, ler a carta de outra pessoa? Mereci o castigo — lamentou-se a bruxinha, cabisbaixa. — Não tem o que fazer, a não ser pedir desculpas.

— E se você recitar o poema? — Jiji tentava consolar sua amiga.

— Não posso. Entendo como ela se sentiria, eu mesma não iria gostar. Uma outra pessoa falando por mim?

— E se você escrever numa dessas folhas caídas? Eu me lembro mais ou menos do poema.

— É uma ideia... já que não dá para saber de quem é a carta...

— Vai dar certo.

— Começava com "parabéns, feliz aniversário"? Jiji, você me ajuda?

Kiki olhou nos arredores e recolheu do chão uma enorme folha de álamo. E sentou-se outra vez debaixo da árvore. Pegou a caneta que iria entregar, retirou a tampinha e começou a escrever.

— Depois de "feliz aniversário", vinha "quero te desejar em voz alta".

— Isso. Em seguida, "por que esconde-esconde" — palpitou Jiji.

— Claro que não. Nada de "esconde-esconde", era algo sobre voltar atrás... "passo para trás". Depois vinha "olhando em teus olhos"... e de novo "passo para trás", não era?

— O poema não parece tão bom, repete sempre a mesma frase.

— Será? Quando o li, achei bom. Depois, ela falava do presente?

— Sobre a caneta.

Kiki olhou para a que tinha em mãos.

— É um bom presente, desliza tão bem. Vamos seguir, "uma caneta prata, igual ao meu"...

— Acho que não tinha a palavra "prata" — disse Jiji olhando para o céu, pensativo.

— Ah, agora já escrevi. Não tem problema, a cor da caneta é prata. Depois, "das minhas mãos para tuas mãos", lembro porque gostei dessa frase. E "passo para trás" de novo. Era isso mesmo? Tantas repetições?

— Não, aí era "por que esconde-esconde?".

— Será? A frase seguinte eu guardei bem, "tanta sorte desejo para ti, mas por que esconde-esconde?". Ufa, acho que está bom — respirou Kiki, aliviada.
— Deixa eu ver? — Jiji espiou e concordou que estava ótimo.

O poema organizado pelos dois ficou assim:

Parabéns, feliz aniversário
quero te desejar em voz alta
mas por que o passo para trás?
parabéns, feliz aniversário
quero dizer olhando em teus olhos
mas não entendo o passo para trás
uma caneta prata, igual à minha
das minhas mãos para tuas mãos
mas por que esconde-esconde?
tanta sorte desejo para ti
mas por que esconde-esconde?

Kiki e Jiji retomaram o voo. Passaram o rio Grande, desviaram de um prédio alto numa ampla meia curva e, ao ver logo abaixo o aglomerado de gente no zoológico, iniciaram a descida devagar.

Avistaram a quadra de esporte assim que chegaram na metade da rua dos Pinheiros. No gramado seco, alguém praticava sozinho, arremessando a bolinha contra o muro, com a raquete.

— É ele!

A garota inclinou para baixo o cabo da vassoura. Desceu num canto da quadra e caminhou para bem perto do garoto.

— Você é o Aiki? Parabéns pelo aniversário!

— Está falando comigo? Você me conhece?

No rosto queimado pelo sol, os olhos escuros se moviam ágeis, tentando entender melhor.

— Fez catorze anos, não é? Vim a pedido de uma garota. Ela o conhece.

Kiki sorriu, fazendo mistério.

— Uma garota? Quem?

— Quem será? É alguém desta cidade. Ela lhe enviou um presente.

Kiki retirou do bolso a caneta e o envelope.

— Uau, que demais! Que brilho, parece até uma miniatura de foguete!

O menino levantou a caneta na altura dos olhos, a fez girar entre os dedos e a prendeu na gola com o clipe da tampa. E bateu de leve com a mão no presente guardado do lado de dentro da camisa.

— Ficou igual — falou Kiki, admirada, apontando para a gola do garoto.

— Será que tem o nome da pessoa na carta? — Ele ia abrir o envelope.

Kiki lembrou-se da folha de álamo e disse rapidinho:

— Espera, talvez... preciso ir, licença... — soltou frases incompletas e começou a caminhar apressada, deixando o local.

— Ei, não vai me contar quem é? — A voz do menino a alcançou por trás.

Kiki fez que não com a cabeça e respondeu sem se virar:

— Prometi não contar!

"Pelo jeito, ele quer mesmo saber", e Kiki pensou na garota com carinha feliz.

Passaram-se três dias. Sem aviso, a garota entrou de novo no escritório, como uma folha trazida pelo vento. E Kiki, pelo fato de ter perdido a carta, baixou os olhos.

— Tudo bem, senhorita Bruxa? — perguntou a visitante, quase cantando, e deu um giro apoiando-se num dos pés. Ela calçava o mesmo par de botas brancas. — Aiki me procurou. Descobriu que fui eu quem mandou o presente!

— Que bom! — Kiki soltou uma voz animada.

— Estranho o que ele disse, "gostei da folha de álamo, que boa ideia". Acha que pode ter grudado uma folha quando você voou para entregar o presente? Bem, não importa. Ele soube por causa da caneta, viu que era igual à minha. — A garota apontou para a gola e riu.

Desta vez, ao ver a alegria dela, Kiki sentiu suas emoções tensas sumirem e foi contaminada pela felicidade da outra.

— Eu preciso contar... — começou ela, quando a garota falou ao mesmo tempo.

— Eu queria contar uma coisa...

Pararam as duas no meio da frase e se olharam.

— Pode falar primeiro, senhorita Bruxa.

— Fiz algo que não devia.

Kiki confessou ter lido o poema e que acabou perdendo o papel ao vento. Contou que transcreveu o poema numa folha de álamo e entregou para Aiki.

— Foi isso? — A garota soltou uma voz de leve decepção.

— Desculpe. Mas eu me lembrava do poema e acredito que escrevi tudo certinho. Quando a vi pela primeira vez, achei você tão linda. Parecia ter a mesma idade que eu, mas entendia de tanta coisa... Quis saber o que uma garota assim escrevia... não resisti. Perdoe-me.

— Pensou isso? Eu também! Não tinha certeza alguma de que Aiki iria me procurar. Meu receio era que ele nem ligasse ao saber que fui eu quem mandou o presente. Quando vim aqui, tive a impressão de que você era mais adulta e mais bonita. Aí, fiz de tudo para me mostrar confiante. Desculpe... Acho que somos parecidas, vamos nos dar bem.

A garota bateu as pestanas, cheia de charme, e sorriu. Kiki devolveu o sorriso e disse um pouco mais séria.

— Alguns me conhecem como "senhorita Bruxa", mas meu nome é Kiki. Pode me chamar assim.

— Eu sou uma garota comum, mas meu nome é Mimi. Pode me chamar assim — disse Mimi, rindo, imitando o jeito de Kiki.

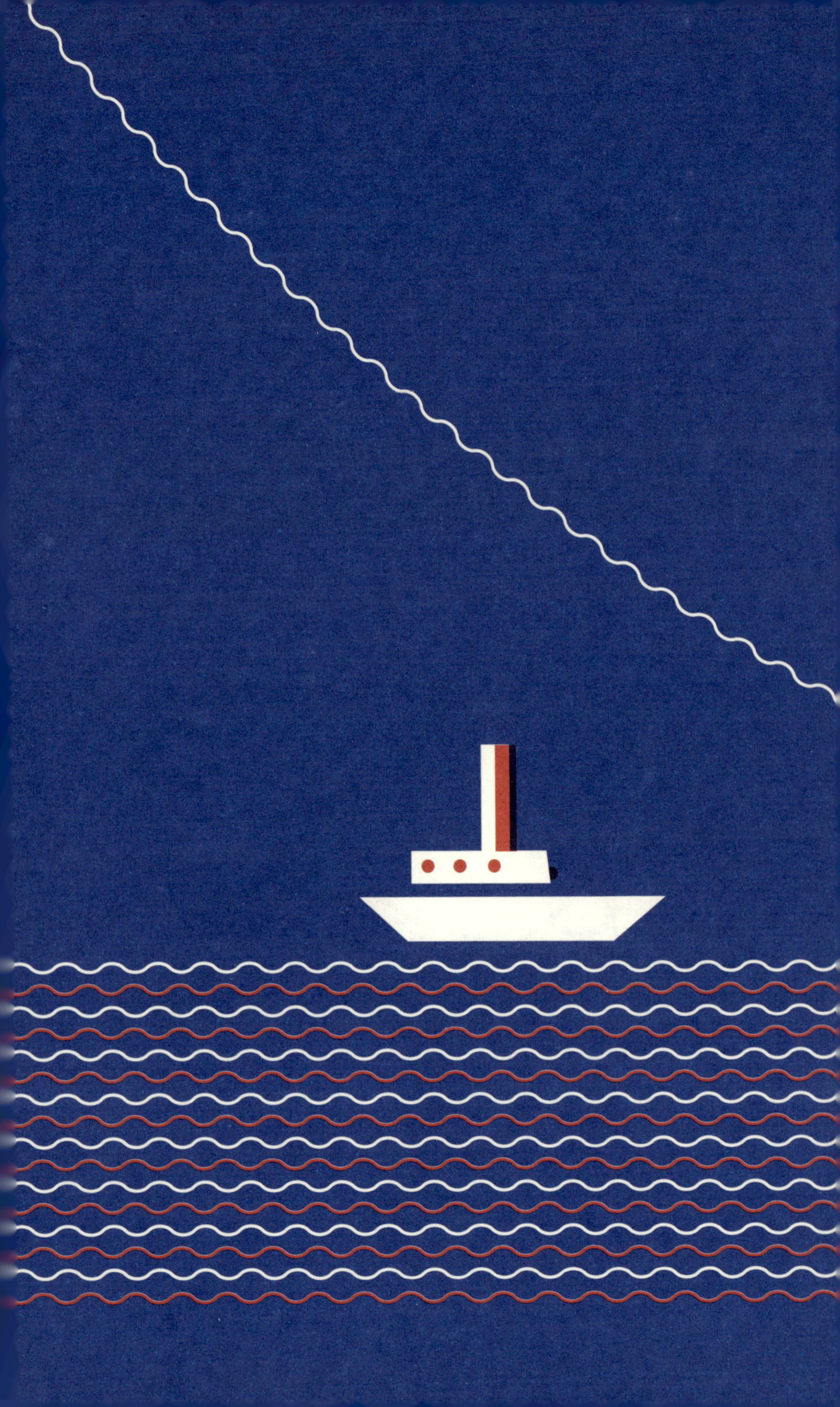

8

O PROBLEMA DO CAPITÃO

O outono trazia um vento cada vez mais gelado, dia após dia. As folhas secas das árvores na calçada tinham sido havia tempo varridas pelo vento. Era quase fim de estação. A cidade de Koriko, vista da janela do escritório, revelava agora uma paisagem seca, onde brilhava o branco.

O vento batia forte nos cantos dos prédios de concreto, talvez por isso chegasse violento e cortante. Ou havia uma súbita pausa, e de novo a ventania. A cada sopro, o escritório de Kiki balançava e gemia baixinho.

"Será que já caiu neve na minha cidade?" Kiki ouvia o som do vento e rememorava o início do inverno em sua cidade natal. Lá, o frio chegava de uma vez. Pela janela, atrás da floresta ao norte, viam-se as colinas esbranquiçadas, como se cobertas por finos lenços. O branco ia descendo, descendo, envolvendo toda a cidade. A chegada do inverno não era anunciada pelo vento, e sim pelo branco da neve.

Uma vez, Kiki saiu com a mãe; era o primeiro inverno depois que ela aprendera a voar na vassoura. A senhora Kokiri a alertou:

— Veja só, tudo branquinho. A neve pode refletir os raios do sol e machucar os olhos, então voe com cuidado. — E foi mostrando as formas dos telhados da cidade. — Aquele que lembra um pão redondo é o telhado da torre de vigilância de incêndio. O que aparenta ser uma escadaria é o telhado da biblioteca; o quadrado é o do centro esportivo.

— Bruxas são resistentes ao frio. Mas quem aguenta o frio dessa cidade? É cortante — reclamou Kiki, sentada no escritório, levantando a gola do vestido.

— Você está parada demais, precisa se mexer — falou Jiji, ele próprio todo encolhido no colo da menina.

Quando esfria, as pessoas simplesmente se desligam? Ou ficam apenas no essencial? O trabalho de Kiki tinha diminuído bastante.

"Ai, queria me enrolar no cobertor e tomar algo quentinho. Chá de açafrão iria bem, e um bom papo com a mamãe", pensou Kiki, lembrando-se do aroma, da cor amarela e do sabor adocicado. Sentiu saudades da dona Kokiri.

— Quando será que se planta açafrão? — comentou consigo mesma, e lamentou não ter aprendido sobre as ervas medicinais que a mãe preparava todo ano.

"E cataplasma de pimenta vermelha? A mamãe cozinhava ou refogava? E ela colocava algo na sopa de verduras... para dor de barriga. O que era mesmo?" Kiki ia rememorando, um a um, os preparos que a mãe fazia. Mas não lembrava nenhum com precisão. "Por que eu me irritava com o que a mamãe falava? Não entendo." Ela mordeu os lábios e baixou os olhos.

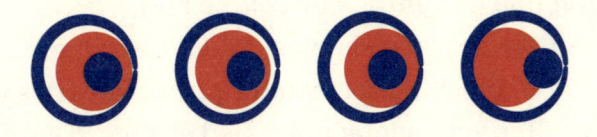

Um vento forte bateu. Ao olhar para a porta, Kiki reparou por uma fresta que quatro olhos os espiavam. Ouviam-se vozes do lado de fora.

— Olhos de gato de bruxa brilham verdes no frio, que nem lanterna... Deve ser conversa, vejo um gato comum.

— Deixa eu ver? É mesmo. Ele não solta fogo pela boca? Meu vizinho fala que gato de bruxa serve de fósforo. Será?

Jiji e Kiki entreolharam-se. Arregalaram os olhos de propósito, abriram bem a boca e soltaram o ar com força, mirando para fora.

Os visitantes se espantaram, e a porta se fechou rapidamente. A voz continuou.

— Viu aquilo?
— Vi, mas não virou fósforo.
— Nem lanterna.
— Não teve brilho.
— É um gato preto qualquer.

Ouviram pequenos passos correndo e se afastando.

— Um gato qualquer? Sinto muito — reclamou Jiji. — Que chatas essas crianças que vêm espiar. — E voltou a se enrolar no colo de Kiki.

— Estamos fazendo sucesso, Jiji. Ser famoso não é fácil — disse Kiki zombeteira, piscando várias vezes. — E se você adotar um visual exótico? Tipo tingir o pelo de vermelho ou colocar óculos de sol?

Jiji olhou de lado para Kiki, depois fingiu que nem escutou.

Um tempinho depois, o telefone tocou.

— Será trabalho? Isso é raro. — Kiki atendeu e ouviu uma pessoa de fala pausada.

— É a senhorita... Bruxa... que faz... entregas? Eu... te-tenho... um pedido. Sou a... Oh!... Espere...

um momento. O telefone... no meu pescoço... vai cair. Agora... estou tricotando... e as mãos... ocupadas. Quem fala aqui... moro na rua... das Framboesas... número... quatro. Pode... vir?

— Ah... sim... en... ten... di...

E lá foram os dois atender ao chamado. Descobriram que a rua das Framboesas ficava à beira de um riacho, afluente do rio Grande. Número quatro. A pequena casa estava grudada a um pequeno embarcadouro pintado de azul-claro. Ao entrarem, viram uma senhora miúda sentada na cadeira, tricotando.

— Por favor... espere... um... pouco. Quase terminando... esta faixa... para não esfriar... a barriga.

Era compreensível que a senhora falasse devagar. Ela mexia a boca no ritmo em que movia as agulhas de tricô.

— Eu... disse... que ia... terminar já... Mas... meu filho... nem esperou... e partiu... Falou que... não precisa... que isso... é bobagem. Que coisa... parece... adolescente. Oh! Olhe... enfim... terminei! — Ela cortou a linha com a tesoura e girou o pescoço, movendo os ombros para relaxar.

— Ufa, cansei. — Dito isso, olhou nos olhos de Kiki e passou a conversar normalmente.

— Querida, sua barriga vai bem?

— Obrigada, comi antes de vir para cá, não estou com fome. — A garota ficou na ponta dos pés e esticou-se, para mostrar que estava forte.

— Não é isso, quero saber se não dói.

— Nem um pouco. Estou ótima, posso ir para onde a senhora precisar.

— Mesmo assim, não se descuide. Nada de esfriar a barriga, deixe-a sempre aquecida. Cuidar e cuidar. A barriga é o centro do universo. O bom é usar esta faixa. Melhor ainda com vários fios coloridos, cheios de nós, fica bem quentinho. Não acha?

A velha senhora balançou a cabeça concordando com a própria fala e reparou em Jiji, perto dos pés de Kiki.

— E você, como está sua barriga?

Jiji, em vez de responder, fez soar a garganta.

— Nossa, o som é sinal de friagem na barriga. Vamos ver se encontro uma boa faixa para você.

E ela olhou ao redor. Naquela casa, os objetos estavam todos envoltos em faixas. O telefone, a xícara de café, o vidro de remédio, o pote, a garrafa térmica, a chaleira, a bota, o vaso de flores, a bengala.

— Ah, aquela vai bem.

Ela levantou-se da cadeira e retirou a faixa que estava na garrafa térmica.

— Tem estampa de bolinhas do lado de fora e listras do lado de dentro. Da garrafa mágica para o gato mágico. Perfeito.

A senhorinha vestiu a faixa no gato e riu, feliz, fazendo surgir pequenas rugas em torno da boca. A faixa trazia dois tons, rosa-escuro e rosa-claro. E a estampa de bolinhas lembrava flores de pêssego ao entardecer.

— Que demais! — Kiki soltou um grito animado e dirigiu-se para Jiji. — Combinou tão bem com o preto.

Mas Jiji não se mostrou tão contente. Levantou a cauda, virou a cara e começou a caminhar.

— E vou tricotar uma para você. Como pagamento pela entrega é pouco; o que acha de duas faixas?

— Claro, está ótimo — concordou Kiki, e sorriu.

A senhorinha devolveu o sorriso e continuou a falar.

— Com a faixa na barriga, vai ficar tranquila. Nada melhor e mais barato para a sua saúde. Outro dia, recomendei ao prefeito. Para ele controlar seu lado teimoso e preservar sua imagem. Também sugeri para o diretor do zoológico. No inverno passado, os animais tiveram friagem na barriga e ficaram doentes. Só que ele nem deu atenção, igual meu filho... Este ano, levo as faixas — falava ela, convicta, deixando brotar suor nas faces.

— Agora entendi. A faixa que devo entregar é para o elefante do zoológico?

Kiki apontou para a enorme peça recém-tricotada, com listras que pareciam mesclar o azul-celeste com nuvens brancas. Parecia grande demais para uma barriga humana.

— Não, é para meu filho. Ele é capitão de um barco a vapor. Saiu cedinho para levar algo precioso até a ilha de Morimo, na ponta da baía de Koriko. Parece que é um recipiente enorme com vinho de primeira qualidade. Precisa carregar gentilmente, senão o vinho perde o sabor. "Perder o sabor"? Como será isso? Nunca entendi direito. — A vovó fez um bico, pensando sobre o assunto e seguiu contando. — Na ilha de Morimo tem dois morros. Acharam que barco balança menos do que bicicleta. Só que o mar tem muita onda. Será que vai dar certo?

Ela fez uma pausa e, sem aguardar a resposta de Kiki, continuou a falar:

— É por isso que chamei você. O barco a vapor do meu filho chama-se TE-TE, é um barco branco, de idade, como eu. Sabe, ele não faz mais o *tuc-tuc-tuc* de antes, agora é um som parecido com um bocejo. Ainda solta fumaça, embora sem a energia de outros tempos... Quero que leve a faixa para que o barco cumpra bem sua missão. Avisei meu filho. Pode seguir o rio Grande, vai ser fácil o encontrar. Ai, se meu filho me escutasse mais, não daria tanto trabalho. — A senhorinha encolheu os ombros e suspirou.

Kiki recebeu a enorme faixa de lã, intrigada com o tamanho. "Será tão grande assim esse capitão? A mãe é tão pequena..." A velhinha recomendou ainda:

— Se meu filho reclamar, insista. Faça ele vestir, por favor. Se ficar grande, dê um ponto aqui; se ficar pequena, puxa... Tudo bem.

Kiki continuou estranhando o tamanho, mas sorriu.

— Pode deixar.

Ela colocou a peça de tricô sobre os ombros, como um manto, e levantou voo.

— Bem quentinha, gostei!

Jiji, atrás, resmungava sozinho.

— Eu tenho o meu próprio pelo, ainda preciso usar lã? Virei um gato-ovelha. Mas é difícil dizer "não" para uma idosa...

— Você ficou muito bem — elogiou Kiki.

— Para você isso é "mudar o visual"? — retrucou Jiji.

Bem onde o rio Grande ia mergulhar no mar, ficava o porto. Havia dois barcos de passageiros ancorados no cais e mais um que tentava parar, empurrado por um barco rebocador. Em volta, inúmeros barcos pequenos se moviam. Ouvia-se um som de apito, algum aviso. Do lado esquerdo, bem adiante, estava a ilha de Morimo, num formato alongado que se assemelhava aos lábios de uma mulher.

Ao olhar do alto, tudo parecia mover-se devagar, causando certa irritação. Kiki planava no ar vez ou outra, buscando um barco em que pudesse ler TE-TE. No porto não estava, então seguiu voando acima do mar. O vento começou a chegar forte lá de baixo. A quantidade de barcos diminuía consideravelmente, espalhando-se mais. Ao longe, avistou o que parecia ser o tal barco a vapor, uma pétala de flor branca a boiar no mar azul. De perto, viu que o barco, junto à fumaça da chaminé, soltava um som nada animado. O bocejo a que a velhinha tinha se referido. Apesar da pintura desbotada, deu para identificar as letras: TE-TE.

Kiki gritou do alto.

— Capitão! TE-TE! Trago encomenda!

No convés, vários marinheiros seguravam as muitas garrafas para que não se movessem. Todos levantaram o rosto para ver o que era.

— É uma entrega da bruxa Kiki, posso descer?

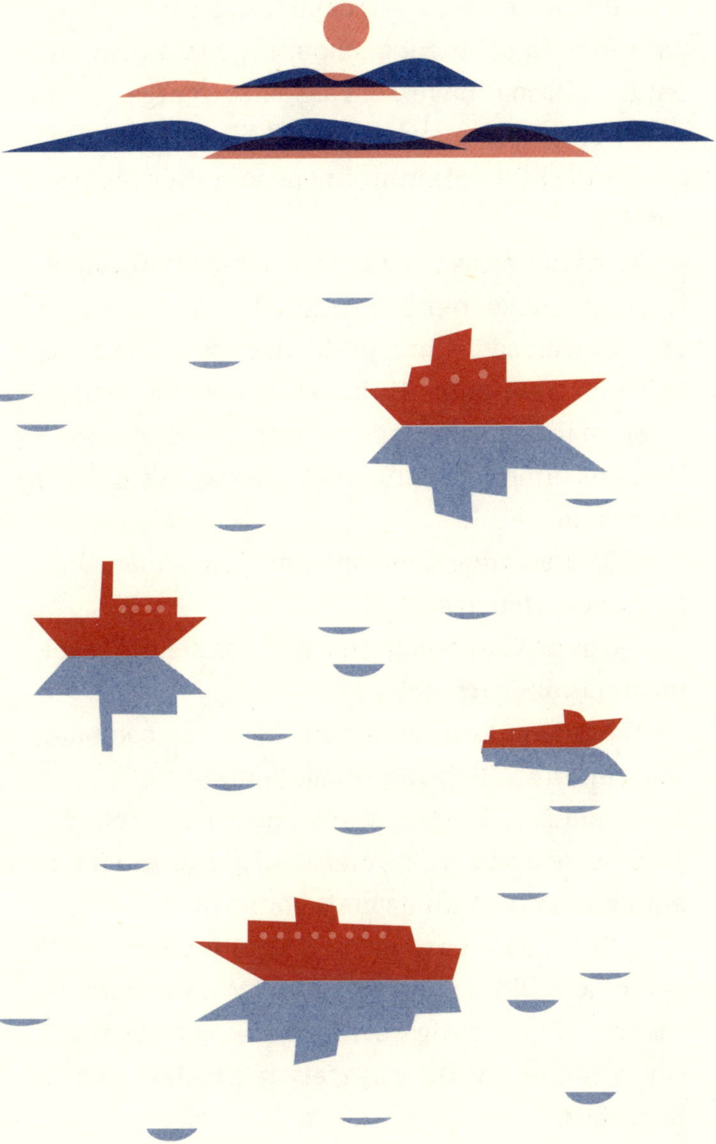

— Por favor, desça. — O capitão colocou a cabeça para fora da cabine e acenou. Logo falou em voz baixa. — Desça suave, sem assustar a carga.

— Ué, carrega algum animal? Não era vinho? — perguntou Kiki, baixinho, e pousou bem devagar no convés.

Os marinheiros olhavam espantados para aquela garota que de repente surgiu do céu. Mas quem teve a surpresa maior foi Kiki. Não era só o capitão: todos os tripulantes tinham uma barriga balofa, como se fossem abastados e exagerados comilões. E o barco ainda não afundou? Ela conteve o riso e anunciou:

— Capitão, trago a encomenda de sua mãe. Uma faixa para a barriga.

— O quê? Não acredito, ela não desiste. — Ele soltou uma voz de irritação.

Até os tripulantes entreolharam-se e comentaram baixinho: "Está indo longe demais..."

— Capitão, não é larga para a sua barriga? Mesmo com ajuste... é bem exagerada. — Kiki abriu a faixa, em azul e branco, ainda mais bonita no convés.

— Não, não é para mim. É para a chaminé do barco. Nos últimos tempos o barco vem soltando esse barulho de fadiga, e minha mãe acha que é por causa da friagem. Diz que a faixa é a melhor coisa... Sem noção.

— Ah! Era isso?

Kiki olhou a chaminé do barco. Sim, estava explicado o porquê do tamanho tão exagerado. O capitão fez uma cara de desespero.

— Mamãe não sossega enquanto não aquecer a barriga do mundo inteiro. Não sei mais o que fazer. Veja, eu uso a faixa, olhe só o meu estado. — E o capitão abriu os botões do paletó quase estourando para mostrar as muitas camadas de faixas coloridas.

— E nós? Nem conseguimos nos mover direito.

Os marinheiros também abriram os casacos. Várias camadas de faixas. E Kiki havia pensado que eram barrigas de comilões... Ela não aguentou e começou a rir.

— Capitão... e quem é essa pessoa? — perguntou um dos tripulantes, um tanto hesitante.

— Não é a famosa bruxa que faz entregas?

— Sim — confirmou Kiki.

— Capitão, não podemos pedir um favor? Ouvimos dizer que ela carrega de tudo. Não carregaria o navio inteiro? No céu não temos as ondas...

— O quê? — Kiki levou um susto. — O navio? Por quê?

— É por conta da carga — respondeu o capitão. — Veja, são vinhos de primeira qualidade. Temos de carregar sem chacoalhar... Por não ser longe, acreditei que era só colocar no convés, mas não. As garrafas se batem, vamos arruinar o sabor. A tripulação tenta evitar o balanço, mas está difícil...

Realmente, as garrafas no convés se tocavam com o balanço e já formavam pequenas espumas na superfície do vinho.

— E se separar as garrafas?

— Elas vão rolar. Acha impossível levá-las pelo ar?

Kiki começou a olhar de um lado a outro, sem saber o que fazer. No cartaz de seu escritório anunciou que levaria "qualquer objeto". Era uma promessa, mas de que jeito cumpriria? Um barco a vapor? Mesmo naquele estado, não deixava de ser um barco. Haveria alguma solução?

— Bom... o importante é que elas não batam umas nas outras, certo? — E Kiki olhou para as garrafas bojudas, tal qual aqueles marinheiros e suas barrigas.

— Sim, é isso. Parece simples, mas em cima do barco fica difícil.

— Acho que tive uma ideia. Vamos resolver dois problemas de uma vez.

— E qual é a ideia?

O capitão e o tripulante aguardavam.

— Se a gente descumprir ordens de sua mãe, só desta vez... Ela vai nos perdoar?

— Vamos deixar em segredo? — O capitão encolheu os ombros, dando um sorriso cúmplice.

— Então... — anunciou Kiki em voz alta — todos vocês, tirem a faixa da barriga e coloquem nas garrafas. Perdem a barriga e ganham agilidade para trabalhar; as garrafas não batem e o vinho mantém o sabor. O que acham?

— Humm, isso faz sentido.

O capitão começou a retirar as próprias faixas, puxando-as com força para baixo e soltando pelas pernas. Rapidamente perdeu a barriga. Os outros marinheiros se apressaram em fazer o mesmo. Em pouco tempo, formou-se uma montanha colorida no convés. Ao lado, estavam os delgados tripulantes. E gentilmente eles vestiram as garrafas, uma a uma.

As garrafas e suas barrigas balofas, enfileiradas no convés, não emitiam nenhum som ao se baterem.

— Deu certo — respiraram todos aliviados.

— Vou me despedir... — Kiki já montava na vassoura, com Jiji, quando falou para o capitão: — Ah, ia me esquecendo, a faixa para a chaminé, por que não colocar? Atenderia ao menos a uma ordem de sua mãe.

— É, podemos fazer isso — respondeu o capitão, com expressão de dúvida e alívio ao mesmo tempo.

Os tripulantes apoiaram e foram colocar a faixa, vestindo a chaminé de azul-celeste e branco.

— Agora, sim, vou embora. Até logo!

Kiki acenou ao levantar voo e direcionou o cabo da vassoura para a cidade de Koriko. O som do barco ainda a acompanhou logo atrás, e agora parecia mais animado. Seria imaginação?

Kiki teve uma surpresa ao abrir o jornal no dia seguinte. A notícia dizia que todos os tripulantes do barco TE-TE estavam com friagem na barriga. E, abaixo, em um outro artigo: "Numa mercearia da ilha de Morimo começaram a vender um vinho enrolado numa bela faixa colorida de lã. Vale o preço salgado, pelo sabor e pelo visual."

Uma semana se passou, e Jiji não tirou a faixa que ganhara da velha senhora. Inclusive, ele vivia espanando-a com a cauda, para mantê-la bonita. É que, ao andar pela cidade, ele ouviu uma pessoa comentar:

— Que interessante o gatinho da bruxa. Deve estar aquecendo a magia.

Passada mais uma semana, a senhora telefonou para Kiki: a faixa estava pronta. Quando ela foi buscar, a velhinha entregou-lhe uma toda mesclada, semelhante a um pote de balas coloridas.

— Você vive com roupa preta. Então, a faixa é cheia de cores.

Kiki aproveitou para um pedido a mais.

— A senhora pode me ensinar a tricotar? Quero aprender tanta coisa.

— Com prazer. E o que quer fazer? — Os olhos da velhinha sorriam para Kiki.

— É para minha mãe e para meu pai...

— Claro, as faixas. Muito bem.

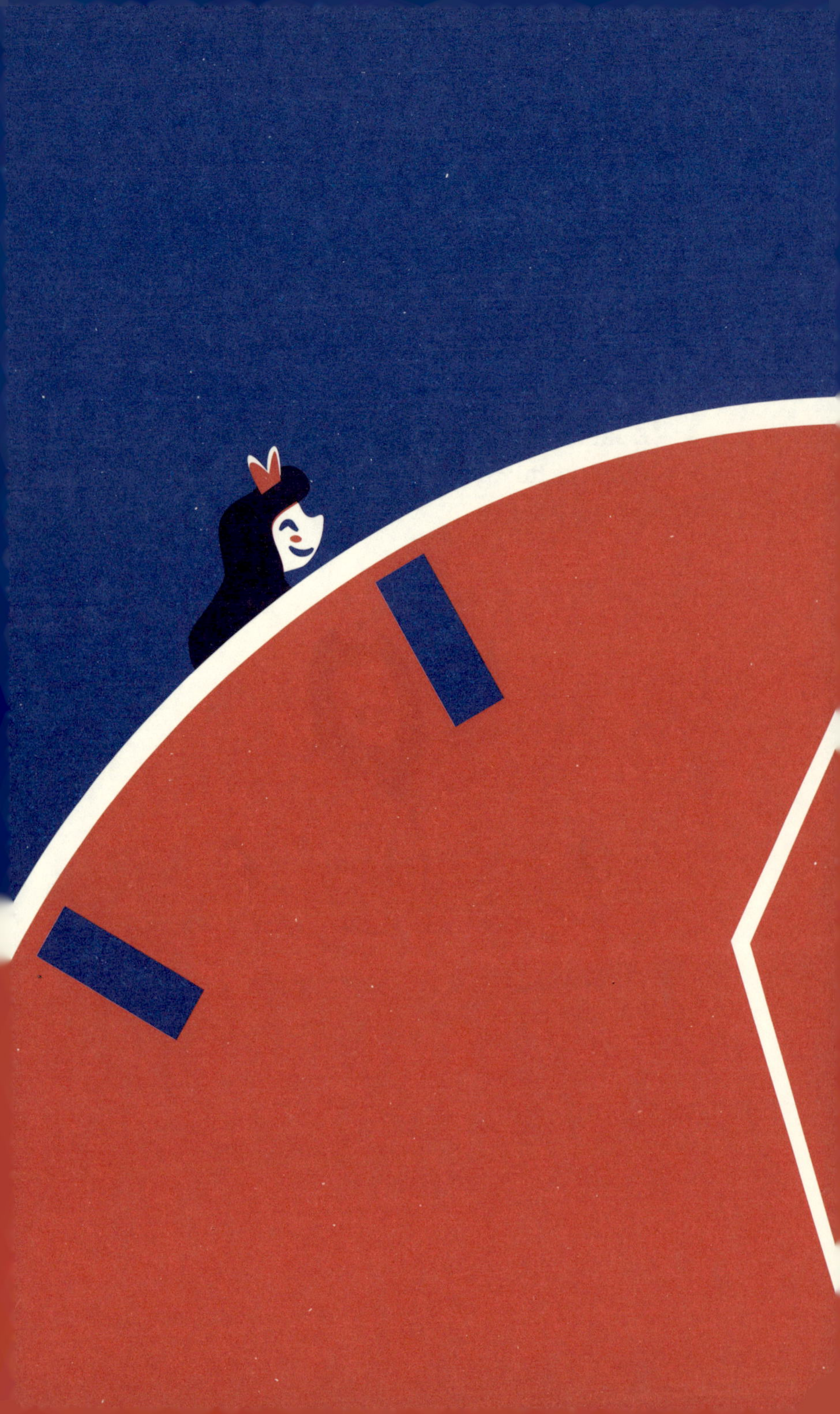

9

KIKI CARREGA O ANO-NOVO

Era véspera de Ano-Novo na cidade de Koriko. Faltavam apenas quatro horas e todas as casas estavam prontas para receber o novo ano. As janelas exibiam suas vidraças bem limpas e deixavam escapar as tenras luzes alaranjadas para a rua.

Kiki sentiu um aperto no peito. Desde que nascera, a noite da virada era especial e ela tinha passado bem junto de sua mãe, de seu pai e do gato Jiji. Naquele ano, seriam somente os dois. A bruxa que iniciava sua viagem de independência não poderia voltar antes de um ano.

"Faltam pouco mais de quatro meses. Preciso aproveitar bem esse tempo. Vou aguentar firme." Deixou a tristeza de lado e começou a preparar almôndegas, quase que do tamanho de maçãs. Rememorando a receita de sua mãe, cozinhou-as no molho de tomate que fora preparado e congelado durante o verão.

Na cidade natal de Kiki, todos comiam grandes almôndegas ao molho de tomate na ceia da virada. Era o momento de relembrar o ano que ficava para trás. Assim que o relógio tocava doze badaladas, trocavam cumprimentos com quem estivesse próximo. "Como foi bom o ano!" E abraçavam-se.

— Jiji, sabe de uma coisa? — falou Kiki enquanto colocava sal e pimenta na panela. — Somos nós dois neste ano. Quando der meia-noite, vamos comer almôndegas e fazer as saudações de sempre?

— Está certo. Terminar o ano assim já está de bom tamanho. Dependendo do ponto de vista, não foi ruim. — Jiji colocou as patas dianteiras para a frente e alongou-se.

"É noite de réveillon, o que acontece?" Kiki experimentava o molho, intrigada. As ruas estavam mais animadas do que em outros dias, como se tivesse muita gente reunida. "A essa hora, as pessoas não deveriam estar em casa comemorando em volta da mesa?"

— Com licença!

A porta do escritório se abriu e Osono entrou com a filhinha no colo. A bebê tinha crescido bastante e agitava seus pezinhos.

— Ouvidos atentos — disse Osono ao ver Kiki.

— Por quê? — A garota não entendeu o tom solene, bem diferente do habitual.

Desta vez, foi Osono que olhou intrigada para Kiki.

— Ah, me esqueci. Você ainda não conhece nossa tradição na noite da virada... Desculpe, devia ter explicado antes. Olhe. — Osono apontava pela janela o relógio da torre que se via ao longe, um pouco esmaecida. — Não sei quem construiu aquela torre tão alta com o relógio. Quando queremos ver a hora, sempre tem alguma nuvem para atrapalhar. Ou ficamos com dor no pescoço, por estar tão no alto... Mas, uma vez ao ano, ele cumpre uma função importante. É na noite da passagem de ano. O sino faz soar as doze badaladas. E aí os moradores iniciam a maratona. Partem da frente da prefeitura e giram pela cidade... A ideia é correr ao encontro do novo ano. Nunca deixou de acontecer desde que a torre foi construída, é um evento importante da cidade. Para não deixar de ouvir o sino do relógio tocar, "ouvidos atentos" virou a frase dessa data.

— Ah, por isso há tanta animação na rua?

— Com certeza. Os mais apressados já estão fora de casa e cumprimentam um ao outro enquanto aguardam.

— Agora entendi. E eu posso participar?

— Claro! Só não vale voar.

— Não, nada de levar vantagem.

— Este ano irei com minha filha nas costas. Então, vamos juntas.

E a dona da padaria voltou para dentro de casa. Kiki levantou um pouco a barra do vestido e começou um aquecimento, batendo os pés no chão. Jiji moveu suas patas, uma de cada vez, com a cara compenetrada de um verdadeiro corredor.

Passaram-se um pouco mais de duas horas. O jovem prefeito de Koriko estava sentado em sua escrivaninha. Tinha terminado o trabalho planejado para o ano e, aliviado, esticava amplamente os braços. Desde o início do ano, quando ele se elegera prefeito, o trabalho vinha de vento em popa. Os moradores mostravam-se satisfeitos e elogiavam sua atuação, considerando sua pouca idade. E ele, animado, queria fechar seu primeiro ano de mandato liderando a tão tradicional maratona. A intenção era mostrar às pessoas da cidade que podiam contar com ele.

O prefeito alongou braços e pernas, preparando-se para a hora da corrida. Abriu a janela, olhou para a cidade e clamou em voz alta:

— Ouvidos atentos!

E então percebeu algo errado. O susto foi tão grande que quase deixou escorregar as mãos que se apoiavam no parapeito da janela. A sala do prefeito ficava no andar mais alto do prédio, bem ao pé da torre. Quando abria a janela, fizesse sol ou chuva, o som do relógio chegava de leve, vindo do alto, bem acima de sua cabeça. Agora, contudo, o tique-taque, sempre tão preciso, não era o mesmo. Ao contrário, era um som sonolento e apático. O prefeito esticou o corpo para fora e olhou para o alto. O relógio, aliviado por alguém notar seu estado, deu um último suspiro e parou. Marcava dez horas e trinta e seis minutos da noite. Faltava apenas uma hora e vinte e quatro minutos para o momento mais importante do ano.

O prefeito saltou ao telefone e ligou desesperado para o relojoeiro, que, assim como seus antepassados, era o responsável por cuidar do velho relógio.

— O relógio da torre parou! Venha depressa! E não conte nada para ninguém.

O prefeito colocou o fone no gancho e subiu rápido até o alto da torre. Desde a fabricação, aquele relógio nunca havia quebrado. Por isso, a maratona da virada sempre se iniciava pontualmente à meia-noite. Um orgulho para os moradores. Um problema desses justo em seu primeiro ano como prefeito? E se ficasse registrado na história da cidade? Não seria nada bom para sua reputação. Um prefeito jovem e cheio de ideias, ele queria a todo custo evitar tamanha desonra.

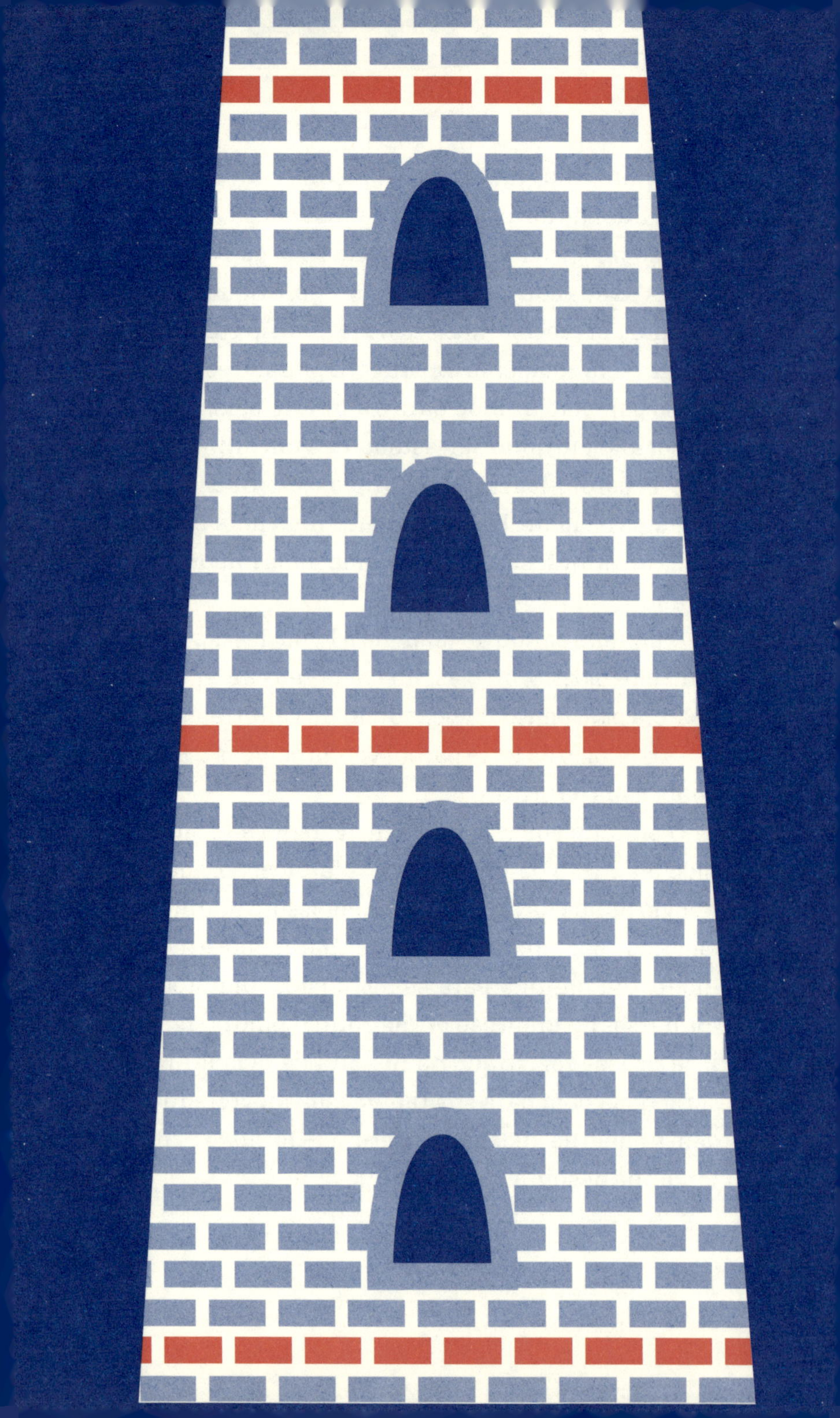

O relojoeiro chegou sem demora e subiu os duzentos e trinta e oito degraus de escada, carregando um enorme saco de ferramentas. Vinha de uma família antiga de relojoeiros... umas cinco gerações ou mais, seus antepassados sempre cuidando do enorme relógio. Que nunca havia parado, graças a esses cuidados. Por acaso teria ele, na última revisão para esse momento do ano, permitido que escapasse algo? De tão nervoso, o coração do relojoeiro soava num tique-taque.

Começou a verificar o que não ia bem, pálido de apreensão. Usava um minimartelo e conferia os parafusos aqui, as rodas ali. Até que respirou aliviado.

— Descobri. A roda central está quebrada. É simples, é só a trocar e tudo voltará ao normal. Coisa de três minutos.

— Mesmo? — O prefeito reiniciou seu aquecimento, pisando um, dois, um, dois, mas ainda se mostrou aflito. — E dá para compensar esse tempo em que ele ficou parado?

— Sim, trocando por uma nova roda, isso se ajusta.

— As badaladas vão soar à meia-noite em ponto?

— Com certeza.

Diferente de quando chegou, o relojoeiro estava inteiramente confiante. Cantarolou baixinho uma melodia e olhou para dentro do saco de peças e ferramentas. Então sua feição mudou de novo. Empalideceu, e suas mãos começaram a tremer.

— Ah, não! Estou sem... sem a roda para repor.
— O quê? Vá buscar depressa!
— Não... não tenho na loja. Terei de... de encomendar.
— Então faça isso, rápido!
— É que... leva cinquenta e três dias!
O prefeito cambaleou para trás. Soltou um gemido de desespero até que finalmente conseguiu perguntar:
— Não tem em algum lugar?
— Até tem. Mas... é num lugar complicado...
— Diga logo onde!
— Depois de três montanhas para oeste, tem uma cidade, e ouvi dizer que o relógio é do mesmo tipo. Podemos tomar emprestada... apenas a roda?
— Tomar emprestada?
— Bem, sim, em segredo...
— Quer dizer, roubar?
— Sim, mas...
— Mas o quê?
— Não temos o "ladrão".
— Ora essa, seja você o ladrão.
— Eu? Ah, sim. Mas... não temos tempo... Talvez, se formos num carro policial, com sirene...
— Não seja idiota. Ladrão vai usar carro de polícia? Não há outra forma?
— Humm... Sim, talvez... sim. Tem alguém que está famosa na cidade...

Triiim-tri-rimmmm! O telefone começou a tocar no escritório de Kiki. Ela já tinha saboreado as almôndegas, que ficaram deliciosas, e fazia aquecimentos para a maratona. Atendeu quase cantando.
— Ouvidos atentos!
Do outro lado veio uma voz estridente:
— Esqueça os ouvidos! Aqui é o prefeito da cidade. Você trabalha com entregas? Aceita trazer um objeto?
— Por favor, não precisa gritar. Entrego de todos os cantos. Daqui para lá, de lá para cá — respondeu Kiki, em tom impessoal.
— Ótimo, estamos salvos. Então, tenho uma encomenda urgente. Poderia vir aqui, na torre do relógio? — O prefeito adotou um tom mais cortês.

Kiki partiu com Jiji e voou resmungando. Ao menos naquela noite não queria voar, estava preparada para correr, com os pés no solo. Observou do alto que muita gente se aglomerava em frente à prefeitura.

Assim que pousou, o prefeito foi direto ao assunto.
— A roda central do relógio quebrou. Na cidade do outro lado, se você atravessar três montanhas a oeste... pode trazer?... E... depressa, urgente, urgentíssimo... pode?
— Trazer o quê? — Kiki arregalou os olhos, sem entender.

O prefeito encolheu os ombros e disse baixinho:
— Quero dizer, até o relógio marcar meia-noite. Emprestar em segredo... entende?

— Quer dizer, roubar?

— Ssshh! Não diga isso. Uma garota como você não deve usar essa palavra. Vamos emprestar... Depois devolvemos...

— E não pode só tocar a campainha? O relógio fica tão no alto, nem dá para ver a hora.

— Acontece que esse relógio precisa ter os dois ponteiros marcando doze. Senão não toca... infelizmente — explicou o relojoeiro, num tom de pedido de desculpa.

— E por que o prefeito não dá o sinal de partida com palmas, assim que chegar meia-noite?

— Oh, não, isso não. — O prefeito fez um amplo sinal de negativo com a cabeça. — Não se muda assim uma tradição tão antiga. Vai que dá azar? Pessoas torcendo o pé, ou tendo urticária, algo do tipo. Por favor, pode ir? Não temos tempo.

A cara do prefeito ficava vermelha, depois empalidecia; ele levantava as sobrancelhas e olhava para Kiki com ares de total desespero.

"O que faço com essa pessoa?" Kiki cerrou a boca e levantou voo sem responder.

A partir de Koriko, seguiu para o lado oeste; as três montanhas se enfileiravam ordenadamente. Passaram por elas e, no vale, viram as luzes de uma cidade que parecia usar um colar de vidrilhos.

— Jiji, o que acha? Seremos pegos em flagrante? Não saberemos sem tentar. Se explicar que é por um tempinho, quem sabe emprestam? — falou para se tranquilizar, e sentiu Jiji lhe subindo pelas costas.

A cidade era bem pequenina e logo descobriram a torre do relógio. Kiki encolheu o corpo para não ser vista. Levou um susto ao olhar para baixo. Na praça da torre do relógio havia muita gente, como na cidade de Koriko, olhando para cima. Parecia que também estavam preocupados com a hora. Kiki desceu devagar e escondeu-se entre os telhados, para depois chegar ao solo. As pessoas conversavam animadas e mexiam o mindinho da mão direita, esticando-o e dobrando-o.

"Em vez de maratona, os moradores daqui fazem ginástica com o dedinho?"

Um senhor logo ao lado falou para Kiki, como a cantar:

— Lembremo-nos da meia-noite!

Kiki levou um susto. O jeito de falar era semelhante ao "ouvidos atentos".

— E o que acontece por aqui? — Kiki aproveitou para perguntar.

— Não sabe? Quando der meia-noite, cumprimentamos os vizinhos enroscando os dedinhos, para firmar uma nova comunhão no ano que entra. É a antiga tradição de nossa cidade. — E o senhor riu, estendendo o mindinho para Kiki.

— Quase chegando a hora. Pronta? Ué, você segura uma vassoura, ainda não terminou a limpeza?

Depressa com isso! — E o velhinho tocou nas costas da garota para que ela se apressasse.

Kiki, cambaleando de leve, aproveitou para escapar da multidão e avisou Jiji:

— Vamos embora.

— E a roda? — Jiji olhou para ela preocupado.

— Esquece, vamos voltar — respondeu Kiki, um pouco brusca.

— Mas... era só emprestar por um tempinho. Não?

— Não posso fazer isso. Se levo a roda deles, o relógio não toca à meia-noite. E as pessoas daqui perdem a oportunidade de renovar as amizades. Vai que eles se desentendem no ano que vem?

— E Koriko?

— Deve ter outro jeito.

Na maior urgência, Kiki partiu das sombras entre os telhados para o céu da noite. Assim que regressou para a torre de Koriko, o prefeito e o relojoeiro perguntaram juntos:

— Conseguiu?

— Onde está a peça?

Kiki balançou as mãos vazias.

— Não deu. Não se preocupem, tive uma ideia. Vocês podem descer e esperar na praça.

— Mas...

Os dois olhavam para Kiki, aflitos, e não se mexiam.

— Vai dar tudo certo. Sou uma bruxa.

Kiki falou firme e tocou os dois para o lado da escada. E, depois que eles se foram, ela abriu bem os braços e respirou fundo.

— Vamos, Jiji, me ajude. Segure-se bem atrás e empurre com força quando for a hora.

Com uma expressão compenetrada, Kiki subiu na vassoura e levantou voo, veloz. Chegou rapidamente no extremo da cidade e fez um retorno à direita, aumentando ainda mais a velocidade em direção à torre. E, prestes a colidir com o relógio, segurou o longo ponteiro com as duas mãos e deu impulso para que girasse pelos números. Em instantes, o ponteiro deu uma volta inteira e mais vinte e quatro minutos. Ambos os ponteiros chegaram no número doze.

Blem! Blem! Blem!

Na cidade de Koriko, o som do sino se espalhou alegre, entre gritos na praça. Começou a maratona. Pisadas soavam por todos os lugares.

Kiki, ao soltar o ponteiro, foi arremessada para a outra ponta da cidade. Teve de fazer um esforço enorme para acalmar a vassoura. Quando enfim conseguiu retornar para a base da torre, desabou sentada no chão. Totalmente despenteada, sacudiu a cabeça, sentindo como se os miolos tivessem se deslocado.

Todos corriam animados, num emaranhado de gente. Parecia que a rua é que se movia. Na dianteira ia o prefeito, em destaque, visivelmente satisfeito.

— Que aventura! Achei que ficaria sem a cauda! — disse Jiji, estirado no chão feito uma panqueca.

— Ai, pensei que ia perder olhos, boca, nariz. — Kiki respirou aliviada e olhou o relógio de pulso. Não é que ainda faltavam cinco minutos para a meia-noite?

Ela contorcia-se de tanto rir.

— Trabalhamos bem demais. Melhor assim do que atrasar. — E mostrou a língua, zombeteira.

— Sempre atrapalhada — comentou Jiji, olhando para os lados. E soltou um grito: — Ai, perdi! A faixa!

— Puxa, é mesmo. Deve ter voado. Tudo bem, nada grave.

— Tudo bem, não. Eu gostava dela. Agora vou virar um gato preto comum... Além de não recebermos nada... Que prejuízo!

— Jiji, nós carregamos o Ano-Novo. — Kiki tentou consolá-lo. — Conhece algum entregador tão poderoso assim? Conseguimos juntos, eu e você. Acha que qualquer gato preto ia dar conta? Vamos! Vamos correr. Ficamos para trás, voando a gente alcança Osono. Tombo e Mimi também. Rápido!

Ela pegou Jiji no colo e pulou na vassoura.

Depois daquele Ano-Novo, quando Kiki circulava pela cidade, mesmo desconhecidos a saudavam, manifestando gratidão.

"O novo ano trouxe um sopro de vida no coração das pessoas", pensou Kiki, feliz. Um dia, Osono contou o motivo:

— O relojoeiro anda espalhando que você consertou a roda a tempo de tocar à meia-noite. Além de dizer que acha bem legal ter uma bruxa com esse poder na cidade. Estou orgulhosa, sempre acreditei nisso.

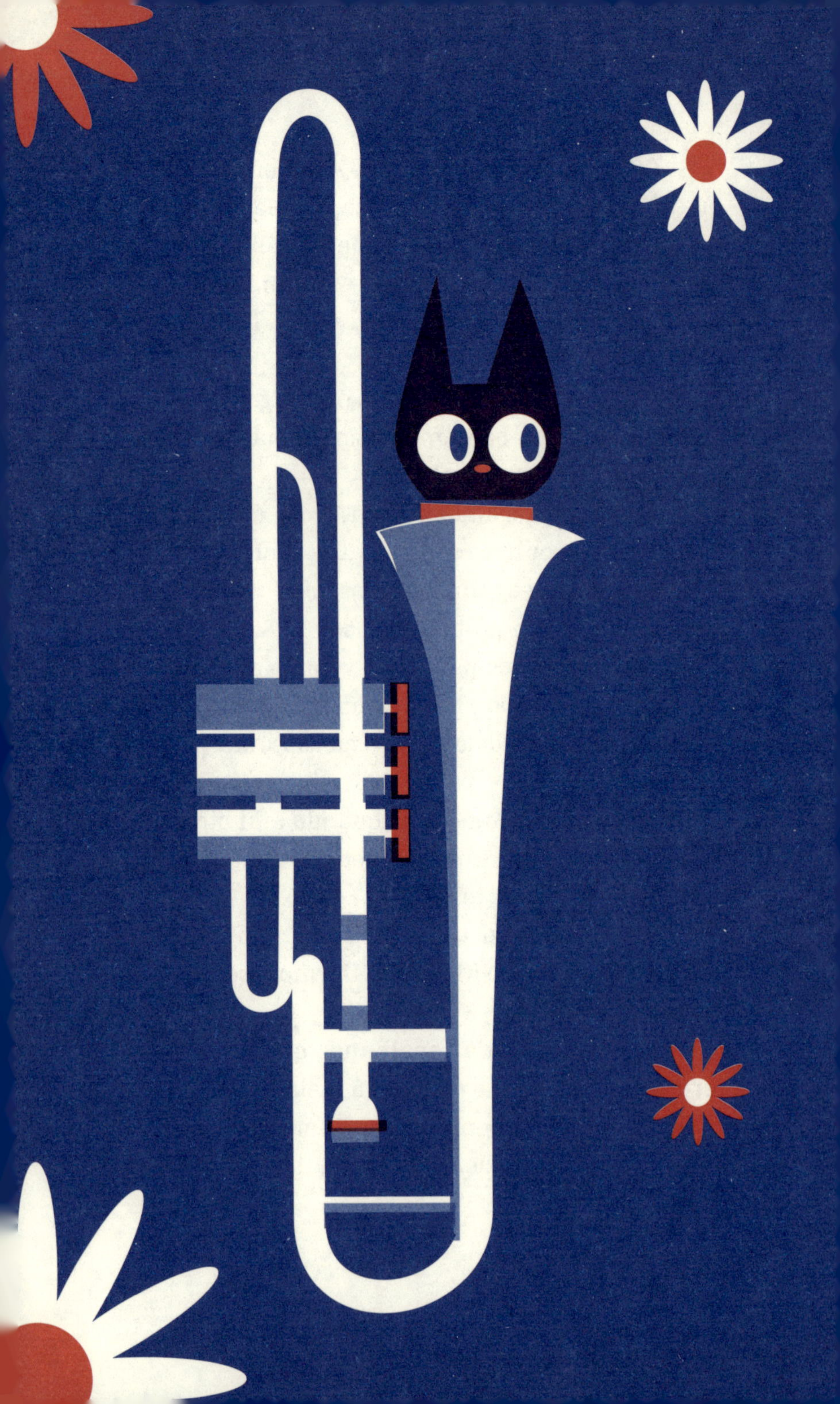

10

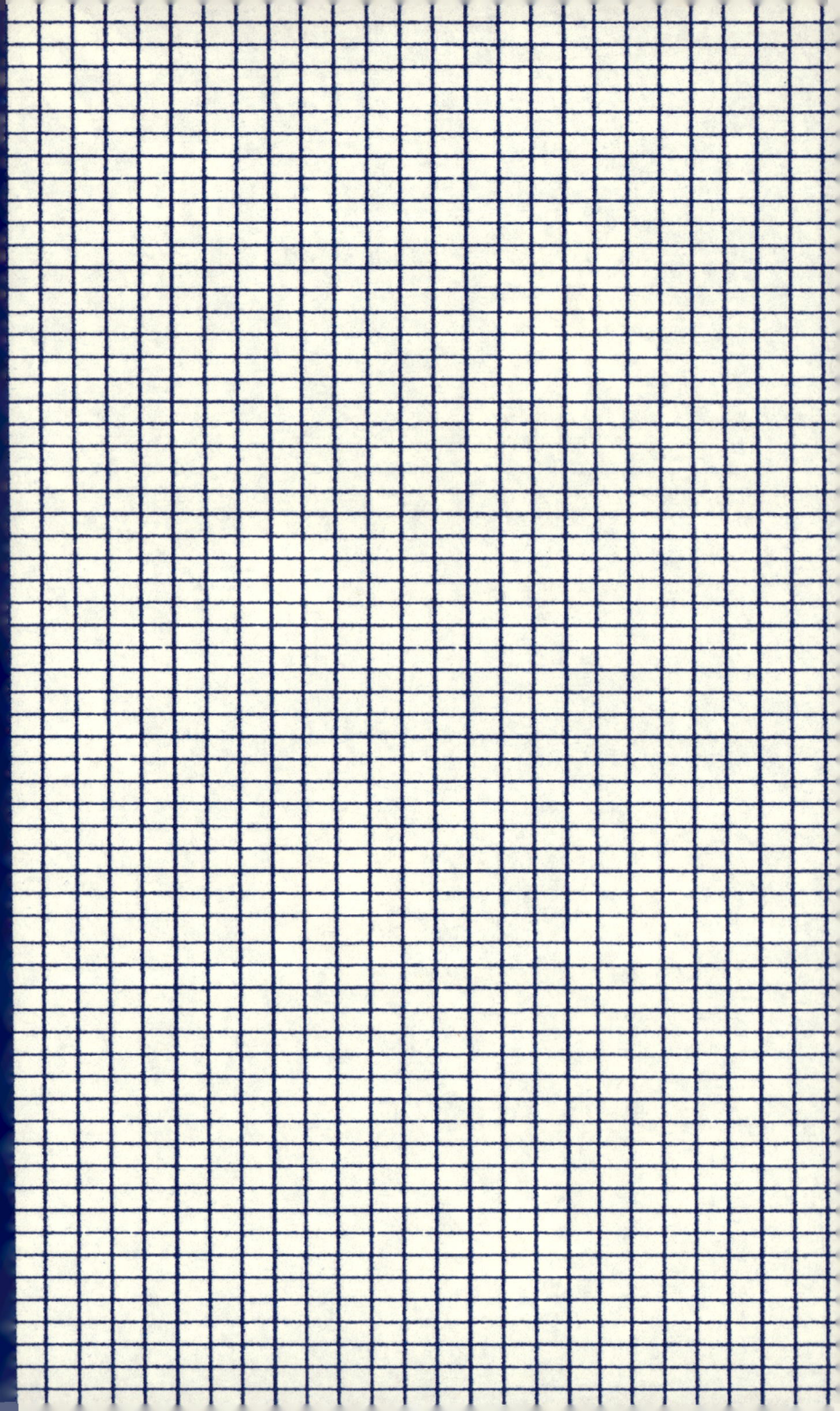

KIKI CARREGA O SOM DA PRIMAVERA

São dias e dias de frio. O gatinho preto, encolhido na cadeira, começou a reclamar.

— Que inverno longo. Se o frio piorar, penso em deixar de ser gato. Não aguento mais.

— E vai virar o quê? Sente frio mesmo com esse autêntico casaco de pelos…? — Kiki deu um tapinha nas costas de Jiji. — Você reclama do frio, mas o som do vento já mudou. É o som de primavera, com certeza. Primavera lembra que logo vou ver mamãe. Quem vive reclamando perde esse som bonito.

Jiji emburrou e escondeu a cara entre as patas da frente. Apenas suas pequeninas e graciosas orelhas se levantaram e tremularam.

Triiiimmmm-triiiimmmm. Tocou o telefone. Kiki atendeu e, do outro lado, chegou uma voz aflita:

— Por favor, por favor! Depressa, depressa! Pode vir até a estação de trem? Estação central de Koriko — disse o dono do telefonema, desligando em seguida.

— Por que tem de ser sempre tão urgente? — Kiki apressou-se em sair.

Ao avistar a estação do alto, viu o chefe acenar da plataforma, como que dizendo "aqui, aqui, depressa!". Ao lado estava um grupo de oito homens, tão magrelos que lembravam galhos secos, vestindo ternos pretos exatamente iguais.

Kiki aterrissou perto deles, e nenhum demonstrou surpresa. Continuavam a encarar o chefe da estação com cara de poucos amigos.

— Estas pessoas tocam música...

O chefe começou a falar, mas um dos homens cortou de forma ríspida:

— Não tocamos música, somos músicos.

— Sim, são músicos. Acontece que esses senhores músicos iam se apresentar hoje à tarde, no espaço Concerto ao Ar Livre.

— Com um frio desses? "Ar livre" quer dizer do lado de fora, não? — espantou-se Kiki.

O homem pigarreou e estufou o peito com orgulho:

— Realizamos o concerto justamente por conta do frio. Nossa música é para aquecer a alma. Intitulamos *Concerto para chamar a primavera*. O problema é saber se os moradores desta cidade têm ouvidos para isso... Estou preocupado, percebo que são meio atrapalhados.

— Bem... sabe o que aconteceu, senhorita? Os encarregados das bagagens se esqueceram de descarregar os instrumentos musicais, importantíssimos para esses senhores. Não sabemos como resolver — falou o chefe da estação, tirando seu chapéu, com o qual enxugou o suor que escorria pela testa.

Um pouco afastados estavam dois jovens, desolados, provavelmente os que cuidam das cargas.

— Puxa! — Kiki esticou-se um pouco e olhou para os trilhos por onde o trem teria seguido.

— É isso mesmo. O trem se foi, levou os instrumentos.

— Pode telefonar para a próxima estação? Diga que vou buscar.

— É que... o trem é expresso, daí o problema. Não para até o fim da linha — falou o homem, com ainda mais pesar.

— Então, quer que eu faça o quê?

— Por acaso... poderia alcançar o trem e entrar pela janela? Os instrumentos estão no último vagão...

— Impossível! — gritou Kiki, sem se conter.

— Já houve caso... que alguém entrou pela janela e roubou uma barra de ouro...

— Que ideia absurda. Não é mais fácil emprestar instrumentos? Deve ter alguns na cidade.

— Cheguei a pensar nisso... — O chefe da estação olhou para os homens de preto.

— De jeito nenhum! — gritou um deles. — Nem pensar. Não somos músicos quaisquer, que improvisam instrumentos. Não fazemos concerto com instrumentos ordinários dos quais até um vento consegue tirar som.

Os outros sete concordaram com olhos irados.

"Ai, esse olhar gelado que nem o vento do norte... E dizem que o concerto é para chamar a primavera. Não gostei", pensou Kiki consigo mesma.

— Coitado do vento norte — cochichou Jiji nos ouvidos da garota.

— O problema é que não descarregaram nossos instrumentos — reclamou de novo o mesmo homem.

— Estava escrito: "destino Koriko". Não foi nossa falha. Senhor, a responsabilidade é sua.

O chefe da estação olhava para Kiki sem saber o que fazer. Os outros dois funcionários suplicavam por ajuda com o olhar. Kiki encolheu os ombros e abriu os braços. Que difícil dizer "não" a um pedido.

— Não sei se consigo, mas tentarei ir atrás do trem.

— Depressa! — disse o mesmo músico, em tom de ordem. — Não temos tempo. Iremos ao local do concerto e aguardaremos lá. Pode trazer os instrumentos dentro de três horas? Entendido?

Kiki não respondeu de propósito e partiu montada na vassoura.

Ao subir alto num único impulso, Kiki acompanhou o trilho do trem, que passava por dentro da cidade, em direção norte, e depois seguia por entre plantações e florestas, morros e montanhas, um túnel e mais outro túnel.

— Ei, acha que dá conta de uma proeza assim? — perguntou Jiji atrás, preocupado.

— Vai dar tudo certo. Eu não disse nada porque eles são arrogantes.

— Mas entrar num trem em movimento?

— Com você, Jiji, eu consigo tudo!

— O quê?!

— Ah, ali está! — gritou Kiki, levantando um pouco o corpo acima da vassoura.

A pontinha do último vagão desaparecia no túnel como a cauda de uma lagartixa.

Num impulso, a garota subiu mais alto e passou pela montanha, chegando na saída do túnel.

— Eles disseram que era o último vagão. Vou pousar no teto. E aí, Jiji, você entra pela janela aberta e destranca a porta de trás.

Logo o trem surgiu na boca do túnel com um apito. Kiki abaixou o cabo da vassoura e se preparou para descer.

— Naquele lugar minúsculo? — Jiji soltou quase uma voz de choro.

Kiki também se assustou. Ao tentar pousar, o teto do trem se assemelhava a uma folha seca voando. "Ai, ai, apesar de ser uma bruxa... não há nenhuma magia que possa fazer este trem parar!"

— Só nos resta tentar, não tem outro jeito — decretou ela.

A bruxinha espantou seu temor e começou a descer. O vento passava estrondoso junto a seus ouvidos. Os cabelos de Kiki e a cauda de Jiji estavam em pé, como se puxados do alto.

— Ai, vamos bater! — gritou Jiji.

Kiki deitou seu corpo junto à vassoura e agarrou-se ao teto, depois deslizou o corpo e enfim conseguiu espiar dentro do vagão pela janela parcialmente aberta. Lá estava o monte de bagagens com as etiquetas: "destino Koriko".

— Jiji, entre por aqui.

— Não, vou cair! — Jiji não soltava o cabo da vassoura.

— Você consegue! — Kiki segurou o gato pelo cangote e empurrou-o janela adentro.

Alguns galhos das árvores ao longo do trilho chicoteavam Kiki. Ela escapava deitando-se bem agarrada ao teto, mas logo vinham outros.

— Jiji, abra depressa, por favor!

Kiki batia na porta, deixando escorregar parte do corpo.

Foi quando o trem entrou no túnel outra vez. Penumbra total. Com um estrondoso rugido, o vento lateral batia forte. Kiki deslizou e quase caiu. Segurou freneticamente a vassoura e conseguiu se agarrar em algo: estava pendurada no topo do trem.

— Jiji, Jiji! — gritou, chutando a lateral do vagão.

A porta se abriu de repente e Kiki foi lançada para dentro. O trem deve ter saído naquele momento do túnel, pois a luz entrou de uma vez só pela janela. Jiji olhava atordoado, de bunda no chão, sem conseguir se levantar.

Ali havia uma montanha de bagagens. Os oito instrumentos estavam em estojos de formatos diferentes, o que facilitava a identificação. Ainda assim, a quantidade assustava.

— E para carregar isso tudo?

Kiki desabou no chão, desolada. Enfim, Jiji pareceu se recuperar um pouco e chegou perto para dar uma ideia.

— Todos têm alça. Não podemos passá-las pelo cabo da vassoura?

— São oito, acha que dá?

— Hum, complicado.

— Espera, e se tirarmos dos estojos? Ficam bem mais leves.

E Kiki abriu uma das embalagens. Dentro tinha um instrumento dourado, num formato que lembrava o escorregador cheio de curvas de um parque de diversões.

— Olha, é um trompete! Para soprar. Esse também é um trompete, aquele outro também é de sopro. Aqui é um violino... E um violoncelo, conheço porque papai me mostrou um.

Kiki ia abrindo os estojos. Não era à toa que os músicos se orgulhavam de seus instrumentos, todos tinham um brilho especial.

— Jiji, consegue segurar ao menos o violino? Eu seguro este violoncelo. Os de sopro colocamos em ordem de tamanho, amarramos na vassoura como um colar. Vamos pegar uns cordões das bagagens.

Kiki falava agitada e ia amarrando habilmente os instrumentos, prendendo-os com firmeza na vassoura.

— Vamos, Jiji? Suba atrás.

Ela montou na vassoura, segurou o violoncelo com a mão direita e o arco com a esquerda. Jiji segurou o violino, maior do que ele, com as quatro patas, e enrolou a cauda na vassoura para se firmar.

— Lá vamos nós!

Kiki gritou animada e saiu voando pela porta do trem, que continuava aberta. Trompetes e trombones seguiram junto.

Assim que sentiram o vento, os instrumentos de sopro começaram a soar. Cada qual com a sua melodia. Os passageiros do trem se espantaram e alguns colocaram a cabeça para fora.

— Olhem lá! — gritavam e apontavam os dedos para os instrumentos em voo.

— É, no céu acontece tanta coisa. Isso não é incrível? — divertia-se Kiki.

Encantada com o violoncelo que carregava, ela posicionou o arco e decidiu tocar um pouco. Jiji arranhou as cordas do violino com a unha. Era a primeira vez que os dois tocavam algum instrumento.

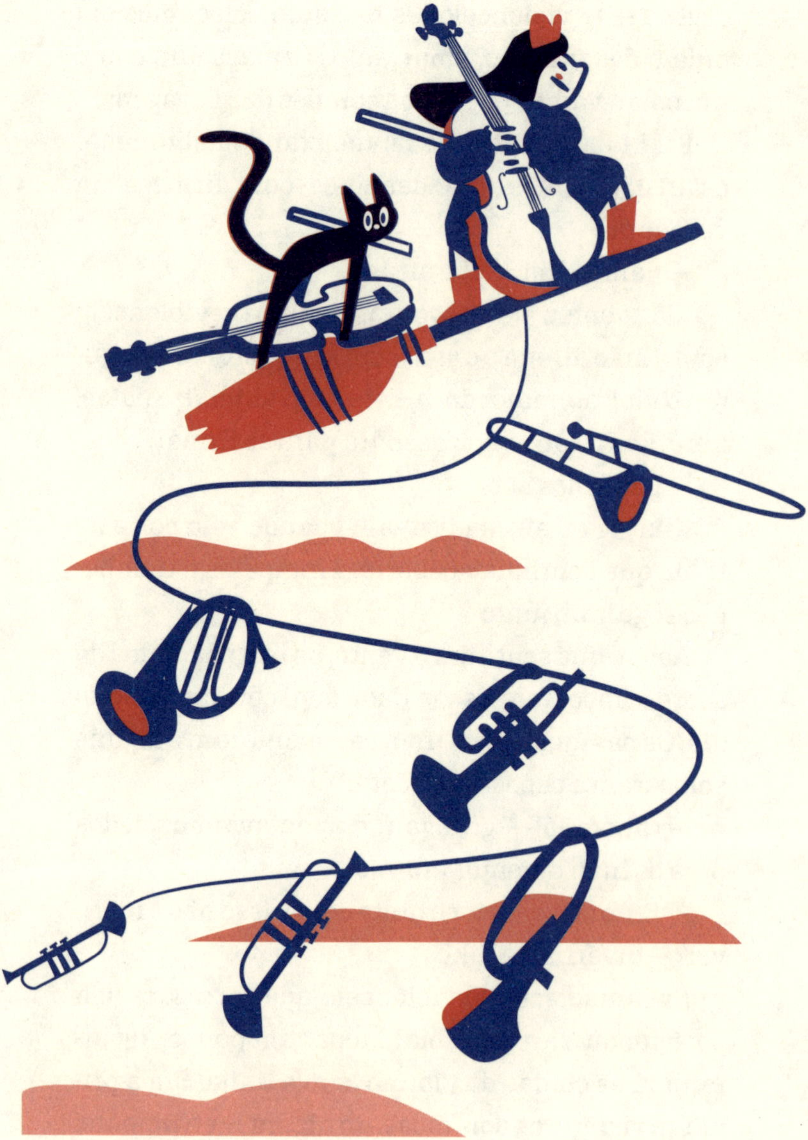

Portanto, o som saía estridente e desafinado. De doer os dentes. Os trompetes e trombones soavam ao sabor do vento. Na verdade, seria uma cacofonia, tal qual um ronco, ou o guincho dos porcos. Mas, ao se misturarem com o vento que vinha do sul, os sons faziam-se ouvir alegres e ritmados.

Kiki se divertia a valer, voava ora para a direita, ora para a esquerda, subia íngreme de uma vez, descia em velocidade, experimentando diversos sons. Assim se aproximaram da cidade de Koriko.

Enquanto isso, o espaço Concerto ao Ar Livre já estava repleto de expectadores, que aguardavam a performance musical. O atraso desde a hora prevista para o início era de dez minutos. No centro do palco lia-se: *Concerto para chamar a primavera*. Abaixo do cartaz estavam os oito músicos carrancudos, sentados de frente para a plateia. Deviam estar ansiosos, apesar da pose. E, mais apreensivos ainda, estavam o chefe da estação e os encarregados da bagagem, que aguardavam nos bastidores.

— Comecem logo! Está frio! — A voz veio da plateia.

— Vamos congelar. Não iam trazer a primavera?

— E, junto, ecoaram risadas zombeteiras.

Um dos músicos levantou-se e dirigiu-se ao público:

— Iniciaremos em breve. Por favor, aguardem, ouvidos atentos. Apesar desse frio, faremos brotar belas melodias. E a primavera chegará ao coração daqueles que ouvirem a música. Agora estamos num momento de oração para o início do concerto.

O músico olhou devagar para o público e fez soar a garganta com força, a mostrar comando. Os demais músicos, sentados e alinhados, escondendo o nervosismo, fingiram estar absortos em oração. Também a plateia, constrangida pelos ruídos, baixou os olhos.

E o que aconteceu? Ao longe, um fiozinho de som chegava de manso. *Foan-foaan-faaan, pran-proan-praaan, fran-froan-fraam!* Por entre as nuvens, de trás das montanhas, atravessando o rio Grande pelo lado do mar. Um cochicho, um convite, a contar algum segredo. Teria a oração chamado a primavera?

Tanto a plateia quanto os músicos levantaram o rosto para olhar. Num ponto distante lá no alto, ao receber a luz do sol, um brilho dourado se movia. E aos poucos se aproximava, balançando amplamente para a direita e para a esquerda.

Foan-foan-faaan...! Kri, lili-kri, lili!
Pran-proan-praaan...! Pri, lili-pri, lili!
Fran-fraan-fraaan...!

Aqueles que se protegiam em seus casacos de golas levantadas, os que se encolhiam de frio e os que abraçavam seus joelhos para se aquecer começaram a esticar o corpo e a olhar para o alto. Todos queriam se aproximar da melodia, para se juntarem à primavera. Surpresos ficaram os músicos no palco. Entreolharam-se com uma pergunta: quem estaria tocando? Abriram bem os olhos, piscando várias vezes.

Aos poucos o ponto de luz dourado começou a tomar forma. Claro, era Kiki na vassoura com o gato Jiji! Os instrumentos pareciam um colar de luzes. Os músicos correram para os bastidores, a fim de resgatar seus instrumentos e iniciar o concerto. O chefe da estação e os carregadores acenaram com força para a garota descer logo.

Kiki fingiu não ver. Que delícia tocar o violoncelo junto aos trompetes e trombones soprados pelo vento.

— Jiji, planamos mais um pouco?

— Claro, claro que sim. Faz de conta que a porta do trem não abriu. Eles que esperem. — Jiji estava todo tranquilo, segurando o violino.

— Que belo concerto! — gritaram da plateia.

— Nem imaginei que ia ter chuva de música!

O público comentava lá embaixo. Alguns escutavam, embevecidos, fechando os olhos. Outros acenavam ou marcavam o compasso com os pés.

— Preciso me preparar para a primavera.

— Eu quero uma violeta no meu chapéu.

E sentiram-se alegres, como se a primavera realmente tivesse chegado. Palmas soaram na plateia. Cada vez mais fortes.

— Vamos descer agora.

Kiki recolheu um pouco a corda para que os instrumentos não tocassem no chão e desceu lentamente atrás do palco, onde os músicos e o chefe da estação aguardavam. Foi só Kiki sumir de vista que vieram mais aplausos, e todos da plateia se levantaram. Nos bastidores, os músicos avançaram até seus instrumentos quando a bruxinha pousou.

— Demorou tanto! — reclamavam enquanto soltavam os instrumentos presos à vassoura.

— Foi por causa do vento — justificou Kiki, séria.

Os músicos correram para o palco com os instrumentos. Mas as pessoas já davam as costas e caminhavam para a saída.

— Ei, esperem! — gritaram os músicos.

Uma pessoa olhou para trás e disse:

— Obrigada pela música maravilhosa! Que boa ideia pedir a uma graciosa bruxinha que enviasse a música lá do alto. Venham de novo!

Os oito abriram a boca e só conseguiram dar um grande suspiro de decepção.

Kiki e Jiji voavam para casa.

— Recebeu alguma recompensa? — perguntou Jiji.

— Imagine. Foi tão divertido, não precisamos de mais nada — respondeu Kiki, olhando para trás.

— Tem razão. — E Jiji levantou as orelhas. — Sabe que ainda ouço o som da primavera?

— Já é primavera. É o verdadeiro som de primavera.

Kiki olhou largamente para a cidade de Koriko que se espalhava embaixo.

— Vamos completar um ano desde a nossa chegada aqui.

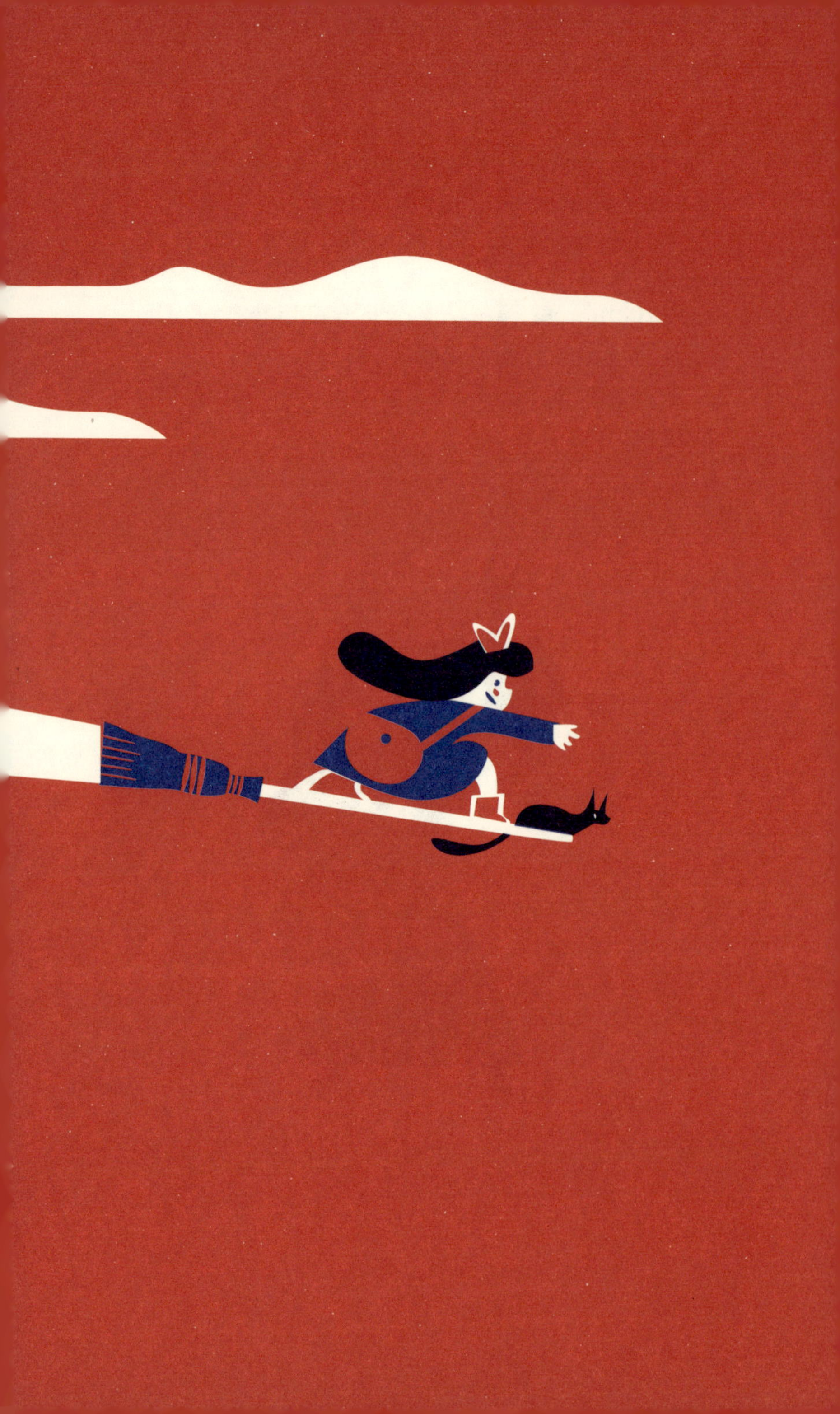

11

O RETORNO À CIDADE NATAL

A primavera tinha se instalado na cidade de Koriko. Kiki puxou uma cadeira para perto da janela por onde entrava o sol, sentou-se abraçando os joelhos. Observou o céu levemente nublado e a luz suave, que lembrava o brilho da bochecha de um bebê.

— Depois de amanhã, completamos um ano. Vamos poder voltar para casa. — Kiki tinha repetido isso várias vezes nos últimos dias.

O fato é que a chegada desse dia trouxe um sentimento duplo, de alegria e de certo receio.

— Só hoje e amanhã. Não vai se preparar?

— Não precisa ser um ano exato.

Ao ouvir isso, Jiji começou a circular na sala e bateu sua cauda no chão.

— O que houve? Você esperou tanto pelo dia da volta... e, quando chega, está assim?

Kiki fixou o olhar nos próprios joelhos, segurou a barra do vestido, sentou-se juntando as duas pernas e viu-se um pouco de lado.

— Será que mudei? Estou mais adulta?

— Você cresceu um pouco na altura.

— Nada além disso?

— Bem... — Jiji deixou tremular os bigodes, de nervoso.

— Acha que conquistei a independência?

— Qual é o problema, afinal? — Jiji encarou a garota, impaciente, mas decidiu dar umas palavras de incentivo. — Acho que você foi bem.

— Obrigada.

Kiki voltou ao silêncio. Ela optara pelo mesmo caminho da mãe, assim como faziam muitas garotas. E escolhera a cidade de Koriko, pela própria vontade, onde iniciou seu trabalho de entregas. Lembrou-se das situações difíceis e sabia do esforço que tinha feito para vencer cada uma. Ainda assim era assaltada por uma dúvida. Teria conseguido? Uma pergunta que nem imaginava surgir a essa altura. Se fosse antes da viagem, ela diria de peito estufado: "Vejam, eu consegui!"

Agora, mesmo ouvindo de Jiji que fora bem, não se sentia tão segura. E vinha uma vontade de perguntar para mais alguém.

— Ei, você não vai adiar sua volta para casa, vai?
— Jiji olhou meio de lado.
— Claro que não.

Kiki levantou-se num impulso, querendo varrer de vez a sensação de insegurança, e alinhou a coluna.

— É hora de trabalhar. Sim, ir para casa é um serviço de entrega. Entregamos nós mesmos na casa da mamãe, certo? Vamos nos preparar. Já!
— É isso aí! — Jiji deu uma cambalhota para trás.

Kiki finalmente se sentiu animada e começou a se mexer.

— Primeira coisa, avisar Osono.

— Ah, depois de amanhã? Achava que seria mais adiante... E quantos dias pretende ficar fora?

Osono não se espantou, pois estava ciente sobre essa volta para casa.

— Talvez uns quinze dias. Fiquei fora um ano, vou matar a saudade sem pressa — respondeu a menina.

Osono deu um sorriso maroto e tocou com os dedos nas bochechas de Kiki.

— Está com cara de "quero carinho da mamãe". Matar saudade é bom, mas posso dar um palpite? Fique uns dez dias, não demore para voltar para nós.

Kiki sentiu-se feliz, um tanto encabulada, e, para disfarçar, respondeu com outra cara marota. Depois telefonou para Tombo.

— Que sorte, poder viajar assim para longe. Com que velocidade você voa? E a altura? Vai a favor ou contra o vento? E a temperatura no céu? Como é voar dentro das nuvens? Nuvem tem sabor? — Tombo perguntava e perguntava.

"Ai, na cabeça desse garoto só cabem perguntas? Sempre assim, a sua pesquisa..." Ao desligar, Kiki sentiu falta de algo mais e encarou de novo o telefone. Continuou suas ligações, falou com alguns clientes constantes, além de Mimi, agora sua amiga. E preparou um cartaz de papelão com o aviso. "Ficarei ausente por alguns dias. Obrigada! Kiki." E no cantinho acrescentou: "Uns dez dias."

> FICAREI AUSENTE
> POR ALGUNS DIAS.
> OBRIGADA!
> KIKI
>
> UNS DEZ DIAS.

Naquela noite, Kiki anunciou a Jiji:

— Amanhã limpamos o escritório, depois de amanhã partimos cedinho. Tudo bem?

Jiji não parava de sorrir. Girava querendo abocanhar a própria cauda. E parou ao se lembrar de um detalhe.

— E presentes para a dona Kokiri e para o senhor Okino? Tem de levar alguma coisa.

— Levo as histórias, são presentes...

— Só? E aquela faixa? Você estava tricotando, com lã azul...

Kiki não disse nada, moveu o nariz.

— Não ficou pronta? Hum, como sempre... Paciência não é o seu forte — reclamou Jiji, baforando nos pés de Kiki.

— Ai, não me subestime. — Kiki deu outro sorriso maroto e do armário retirou um pacote estufado. — Veja, aqui está! A minha paciência.

E abriu o pacote. Uma pequena faixa caiu ao chão, era de um azul alegre com estampas em prata espalhadas.

— Fiz para você, Jiji, já que perdeu a sua na noite de Ano-Novo. Vai voltar estiloso para casa. — E a garota vestiu a faixa em Jiji, que começou a dar voltas pelo quarto, de tão feliz.

— E para os meus pais! — Mostrou duas faixas, uma laranja e uma verde-escura. — Foi difícil tricotar sem que você visse.

— Guardou segredo?

— Não acha que um bom segredo dá três vezes mais alegria?

— Um bom segredo? Sei, entendi.

— Entendeu o quê?

Jiji nem respondeu e começou a girar de novo.

No dia seguinte, estavam os dois empenhados na limpeza, quando Tombo chegou respirando ofegante. Com o rosto avermelhado, quase como se estivesse bravo, estendeu um embrulho.

"Não entendo os garotos", pensou Kiki, e abriu o pacote. Era uma bolsinha a tiracolo. Num tecido rosa, destacava-se um bordado de gato preto.

— Que demais! — Kiki não encontrou outra palavra, de tão contente, que nem Jiji no dia anterior.

— Gostou?

Ela fez que sim com a cabeça.

— Que bom. Então, leve com você — disse Tombo, meio desajeitado. E, por trás dos óculos, seus olhos tímidos viram Kiki colocar a bolsa no ombro.

— Partem amanhã? Boa viagem — falou apressado, tocando de leve na cabeça do gatinho, e saiu correndo, como chegou.

— O que acontece com Tombo? — Kiki acompanhou o amigo se afastar até sumir da vista.

— Tombo foi gentil, olhe o detalhe do gato preto — comentou Jiji.

— Foi, sim — concordou Kiki, estufando de alegria. — Escolheu algo tão gracioso... será que me viu como uma garota?

Abriu a pequena bolsa fechada com um botão vermelho e... surpresa! Tinha um bilhete, que dizia: "Amanhã, estarei em cima da ponte do rio Grande, para me despedir. Tombo."

— O que é? — perguntou Jiji.

— Nada de mais.

Kiki balançou a cabeça e guardou de volta o bilhete, apertando de leve a bolsinha com as mãos.

— Hora de partir! — Kiki avisou Jiji, e saiu segurando a vassoura e sua trouxinha com os presentes.

Parou e olhou outra vez o interior de seu escritório. Um telefone vermelho, a escrivaninha de tábua apoiada em tijolos empilhados, o mapa, uma escada estreita, os pacotes de farináceos ao fundo, pequenos objetos comprados ao chegar na cidade. Tudo era parte da sua vivência daquele ano, que tocou forte no peito da bruxinha.

— Vamos. — A voz saiu levemente rouca, e ela respirou fundo.

Kiki afixava o aviso na porta, quando Osono surgiu carregando um enorme pacote de pães, acompanhada do marido, que trazia a bebê no colo.

— Temos um trabalho para você, Kiki — falou Osono em tom brincalhão. — Pode levar os pães para sua mãe? Não se esqueça de dizer que é o melhor pão da cidade de Koriko.

Ao ver a carinha da garota, Osono riu alto para espantar o clima de despedida.

— Kiki, esperamos a sua volta. Estamos realmente satisfeitos em ter uma vizinha bruxa. E sabe que outro dia ouvi um comentário? Uma pessoa disse que sentia sua falta quando você ficava sem passar pelo céu da cidade por mais de três dias.

Kiki conteve as lágrimas e abraçou forte Osono.

— Claro, claro que volto.

Ela decolou alto num único impulso. Conforme voava, balançava de leve a trouxinha de presentes presa ao cabo da vassoura. A cidade de Koriko estava coberta pela bruma da manhã que subia do oceano. Kiki deu a volta por cima da cidade, girando amplamente em torno da torre do relógio. Em seguida diminuiu de vez a velocidade em direção à ponte do rio Grande.

Ah, ali estava ele. Era Tombo. Como prometido, bem no meio da ponte, acenava forte de sua bicicleta. Kiki também acenou.

— Aquele não é Tombo? — Jiji, atrás, mostrou-se surpreso.

— É ele sim. — Kiki estufou o peito.

— Você sabia?

Ela não respondeu e continuou acenando.

— Não vai descer? Não é chato só acenar de longe?

— Está tudo certo.

Kiki acenou com mais vigor, sobrevoou a ponte de um canto a outro, indo e voltando duas vezes. Moveu a vassoura para a direita e para a esquerda, em seguida aumentou a velocidade em direção ao norte. A imagem de Tombo ficou pequena, até sumir atrás da ponte.

— Vamos. — Kiki respirou fundo.

Agora era seguir direto até a sua casa. A vassoura voava tranquila, como aquela antiga da senhora Kokiri. Desde quando essa vassoura, antes tão rebelde, passara a voar tão bem? Kiki se surpreendeu ao pensar nisso.

E a garota estava mais confiante de que a sua presença trazia um pouco de alegria e espanto para a cidade de Koriko. Osono disse para ela voltar logo. O presente de Tombo transmitia um carinho semelhante. Havia quem sentisse falta de vê-la no céu. Enquanto voava, Kiki percebia suas preocupações e dúvidas sendo carregadas pelo vento, cada vez mais para trás.

A viagem durou menos tempo do que há um ano.

O sol descia, e a primeira estrela surgiu com seu brilho tênue. O céu estava para espalhar milhões de estrelas, quando sua saudosa cidade natal surgiu por entre as brechas da floresta. As casas, com as luzes acesas, enfileiravam-se tranquilas ao longo das ruas. Como se guardasse o orvalho da noite, o ar se espalhava um pouco mais denso, diferente de perto do mar. E, que coisa mais saudosa, os sinos ainda pendiam das árvores mais altas, brilhando vagamente.

Kiki voou em linha reta para o extremo leste da cidade. E lá estava sua casa. Pairou um instante no céu acima do telhado.

— Humm, esse cheiro. É sopa de ervilha! — falou Jiji.

— Imaginei que mamãe iria preparar. Ela sabe que a gente adora.

Kiki respirou fundo o aroma, quantas lembranças boas trazia. Aterrissou devagar no jardim. Caminhou pé ante pé até a porta e bateu de leve.

— Entre, por favor. — Era a voz da mãe. — Agora não posso descuidar da sopa.

Kiki olhou para Jiji, voltando a ser uma criança arteira, entreabriu a porta e imitou uma voz masculina:

— Com licença, uma entrega!

Dona Kokiri virou-se para olhar. Ao mesmo tempo, Kiki abriu toda a porta da cozinha.

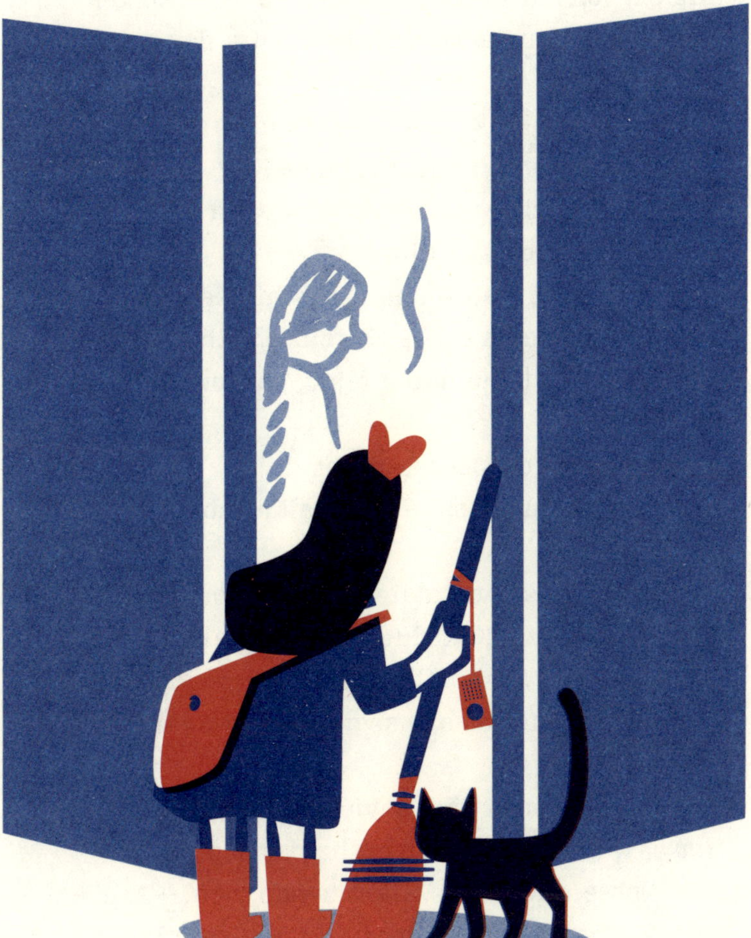

— Kiki! Oh, Kiki! Pensei que só chegaria amanhã de manhã. — A mãe estendeu as mãos ainda segurando a concha, deixando pingar gotas de sopa no chão. — Mas eu sabia! Voltaria dentro de um ano exato!

— Acertou! — Kiki largou a vassoura e sua trouxa perto da porta e correu para abraçá-la.

— Chegou, chegou, chegou! — repetia a mãe, segurando os ombros da filha.

Kiki respondia alto, "sim, sim, sim", ela tinha voltado. O pai veio da sala e ria feliz ao olhar a cena. Aguardou um tempinho e falou, em tom de brincadeira:

— Ei, não se esqueça de mim!

— Papai, aqui estou! — E ela saltou, abraçando-o pelo pescoço.

Assim que se acalmaram, era o momento das novidades. Dona Kokiri falava, Kiki falava, nada de pausa. Jiji e senhor Okino olhavam, espantados por tantas histórias que as duas guardavam dentro delas.

Kiki entregou os pães enviados por Osono e mostrou as faixas que ela mesma havia tricotado.

— Nossa, quem diria, Kiki fazendo tricô? — A mãe estava maravilhada, colocou a faixa por cima da roupa e bateu na barriga.

— Mamãe, essa senhorinha tem algum poder. Acho que ela coloca magia quando tricota as faixas.

— Há muitos idosos com esses poderes — comentou senhor Okino, olhando o presente em mãos.

Jiji esticou o corpo e pôs a cara perto da mesa. Deixou cair, bem na frente de dona Kokiri, uma pequenina concha, da cor de lavanda, que estava presa nas suas orelhas.

— Presente para mim, Jiji?

— Jiji, você trouxe isso em segredo? — perguntou alto Kiki.

O gatinho chegou bem perto do rosto de Kiki e cochichou com ar solene:

— Catei a conchinha na praia, no ano passado. Uma boa surpresa é três vezes melhor, não é?

Era isso mesmo. A dona Kokiri estava por demais feliz e virava a conchinha de um lado e outro, contemplando-a de perto.

— É uma concha? A cor do mar é assim?

— A cor do mar é assim ao amanhecer — respondeu Kiki.

A mãe olhou bem para o rosto da filha.

— Vocês realmente foram longe, não é? Até outro dia eram bebês... cresceram tanto.

Ao ouvir essas palavras, Kiki sentiu a autoconfiança e o orgulho por suas conquistas se espalharem por dentro. A mãe respondeu à pergunta que ela vinha tentando fazer para tanta gente. E teve a certeza. Era exatamente para a senhora Kokiri que ela queria dirigir a pergunta.

— Sabe, mamãe, estive pensando que as bruxas não podem viver só voando. Claro, tenho de voar para entregas urgentes... mas, acho bom caminhar de vez em quando. Quando caminhamos encontramos pessoas diferentes e acabamos conversando, não é? Conheci a dona Osono enquanto andava para espantar a tristeza... Se estivesse voando, não sei o que teria acontecido. E, quando alguém vê uma bruxa de perto, percebe que não temos o nariz pontudo, nem a boca enorme. Na conversa a gente se entende...

— É verdade — concordou a senhora Kokiri, encantada.

O senhor Okino contemplou a filha como se a visse pela primeira vez, com olhar de espanto.

No dia seguinte, Kiki voltou a ser criança outra vez.

— Está certo, foi apenas um ano fora — riu sua mãe.

A garota tomava o chá na sua xícara predileta, vestia seus vestidos em frente ao espelho, de noite dormia abraçada ao cobertor estampado de flores miúdas, que usara desde bebê. Acordava quando tinha vontade.

E passeava bastante pela cidade. Os moradores a rodeavam para falar com ela.

— Kiki, quando você chegou?

— Nossa, está bonita!

— Há quanto tempo, Kiki! Passe em casa para prosear!

Esse carinho deixava Kiki bem preenchida. Cidade natal é tudo de bom. Só que, depois de uns cinco dias, ela se viu pensando na cidade de Koriko.

O riso de Osono, o cheiro do pão saindo do forno, as pessoas que puxavam conversa pelas janelas dos apartamentos, o caminho arborizado à beira do rio Grande, o cheiro do mar, a alta e magrela torre do relógio, o sorriso da amiga Mimi. Tudo era saudade. Principalmente Tombo. A imagem dele acenando na ponte ficou cravada em seu coração e parecia querer puxá-la de volta para a cidade de Koriko. Tinha tanto a conversar com Tombo, num próximo encontro.

E seu escritório? Estaria tudo certo? Talvez o telefone estivesse tocando? Estava em sua cidade natal, mas a impressão era de ser uma visita. E não sossegava. Ela tinha morado apenas um ano na cidade de Koriko, chegava a estranhar esse sentimento.

Por fim, anunciou aos pais.

— Penso em voltar para Koriko, amanhã ou depois de amanhã.

— O quê? Achei que ficaria uns dez dias — espantou-se o senhor Okino, olhando para Kiki. — Está entediada aqui?

— Não é isso. É que... e se algum cliente precisar de mim? O telefone pode tocar...

— Não faz sentido isso. Se está aqui, deixe-se estar aqui.

— É que...

Kiki começou a falar e desistiu. Tanto o pai quanto a mãe aguardaram o retorno dela por um ano. E ela queria voltar assim tão depressa? Percebeu o quanto estava sendo insensível.

A senhora Kokiri, que ouvia em silêncio, disse:

— Talvez seja bom. Eu ficaria mais preocupada se você não estivesse nem aí para a outra cidade. Lembrei-me de quando eu comecei a morar aqui e voltei para minha cidade natal. Também fiquei inquieta. Tudo bem, Kiki, quando passar mais um ano, venha outra vez.

No dia seguinte, Kiki voou com Jiji até a colina gramada que ficava a leste. Sentou-se num ponto mirante para olhar a cidade. E foi contemplando, da esquerda para a direita, cada canto da paisagem.

— Jiji, eu decidi voltar para Koriko. Tudo bem? — anunciou Kiki para Jiji, que se distraía brincando com bichinhos entre os capins.

— Acabamos de desfazer a mala, mas tudo bem.

— Eu já pensei nos presentes.

— Segredo outra vez?

— Não. Para Osono, levo as poções da mamãe; remédio contra espirro é ótimo para bebê. Presente para Tombo é mais complicado... Pensei naqueles sinos. O que acha? Os sinos que a mamãe pendurou nos topos das árvores. Posso retirar o maior, acho que recupera o brilho, se o polir. Tem a ver com minha lembrança de quando criança...

— Bacana. Bem mais interessante do que uma caneta.

— Ai, Jiji! — Kiki começou a rir. — O som é bonito, não vou juntar nenhum poema, nem sou boa nisso.

Um cheiro gostoso de capim subiu do chão. Ao longe, as vaquinhas pastavam, e os mugidos, ora mais alto, ora bem baixinho, chegavam carregados pela brisa. Ela deitou e fechou os olhos. Com a luz do sol, a cor do capim formava bolinhas que se moviam sob suas pálpebras, como se nadassem.

"Tão bom ter um lugar para onde voltar." Ao regressar para sua cidade natal, Kiki sentia-se descobrindo algo novo sobre si mesma.

Quando Kiki chegou em casa, a mãe riu.
— Esteve no morro dos capins?
— Dá para perceber?
— Sim, há marcas de capim na sua bochecha.

Naquela tarde, as duas retiraram um por um os sinos pendurados nas árvores da cidade.

— Durante o ano, cada vez que ventava e eu ouvia os sinos, me lembrava de você. — A mãe fez cara de choro e riso ao mesmo tempo.

— Fico um pouco triste quando penso que não preciso mais do sino — comentou Kiki.

— Vou guardar com carinho, para alguém que precise — respondeu a mãe.

— Guardar? — perguntou Kiki, intrigada.

A dona Kokiri piscou os olhos e riu.

— Para a sua filha. Se for parecida com você, será peralta.

Kiki escolheu o maior sino entre todos, poliu-o e colocou-o dentro de um pacote.

Era a hora de dizer adeus novamente para a senhora Kokiri e para o senhor Okino. Não havia a mesma tensão de sua primeira partida.

— Até mais!
— Até!

Acenaram e despediram-se rindo.

Kiki e Jiji voaram direto para a cidade de Koriko. Vez ou outra ouviam o tilintar do sino dentro da trouxa presa ao cabo. Nesse momento, Kiki fazia a vassoura aumentar a velocidade.

Logo ela avistou o brilho do mar ao longe, e os prédios de formatos diversos, quadrados e triângulos, lembrando bloquinhos de madeira empilhados.

— Olhe, é a nossa cidade! — apontou Kiki.

A torre do relógio recebia a luz diagonal da tarde, e sua sombra se alongava, atravessando Koriko bem ao meio.

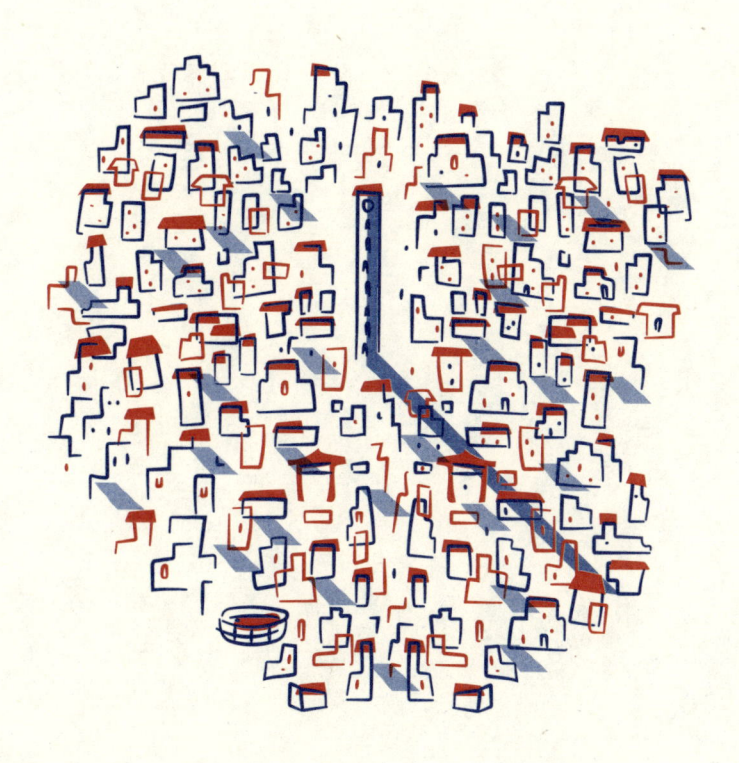

LÚCIA HIRATSUKA nasceu em 1960, no município de Duartina, SP. Quando criança, rabiscava sonhos no quintal de terra e escutava as histórias contadas por sua avó japonesa. Graduou-se pela Faculdade de Belas Artes de São Paulo, e estudou por um ano na Universidade de Educação de Fukuoka, Japão (1988-1989).

Publicou diversos títulos que escreveu e ilustrou, entre recontos de lendas japonesas, infantojuvenis e livros ilustrados. Recebeu importantes prêmios, sendo os mais recentes: Melhor Livro para Crianças FNLIJ em 2015, por *Orie* (Pequena Zahar), que está na Lista de Honra da IBBY, 2016; prêmio literário da Biblioteca Nacional 2018 — literatura infantil; selo distinção da Cátedra Unesco; prêmio Jabuti 2019, na categoria de ilustração, por *Chão de peixes* (Pequena Zahar) e prêmio Jabuti 2019, na categoria juvenil, por *Histórias guardadas pelo rio* (SM).

DANIEL KONDO nasceu em 1971, em Passo Fundo, RS. Desde pequeno, entre livros, pincéis e tintas, mergulhava na biblioteca de sua casa e recriava mundos e histórias.

Aos dezoito anos já ingressava nas artes gráficas. Trabalhando nas mais renomadas agências de publicidade, estúdios de design e grandes editoras.

Publicou mais de cinquenta livros em parceria com diversos autores, entre eles, Flavio de Souza, José Paulo Paes, Augusto Massi, Laura Erber, Silvana Tavano e Guilherme Gontijo Flores.

Por inúmeras vezes, foi premiado pela FNLIJ, sendo indicado como finalista do prêmio Jabuti, com diversos títulos. Na feira de Bolonha, Itália, recebeu o prêmio New Horizons, pela obra *TCHIBUM!*, editada pela Cosac Naify. Pela Companhia das Letras, entre outros, publicou *Coletivos* e *Opostos* — ambos da coleção "On the table", de sua autoria.

Ilustrar Kiki, de Eiko Kadono, é um sonho realizado.

Este livro foi composto
em Aglet Slab 11 por 16
e impresso sobre papel
Pólen bold 90 g/m² nas
oficinas da Mundial
Gráfica, São Paulo (SP),
em outubro de 2023.